單身病

貝莉 著

目錄

我就這樣過了快八百天

兩年多前，我跟以結婚為前提的男友分手了。跟他，是百分之百一見鍾情。當時與同居男友分手約月餘。終日如行屍走肉，以淚洗面、不想吃飯，體重直落。那時我連出門有男生跟我搭訕都面無表情，朋友深怕我在靈魂抽空的狀態下，會莫名被帶走，總是盯住、制止他們，彷彿我是無行為能力的病人。平日喜愛素顏的我，卻老是化著精緻地妝，踩著高跟鞋，想要證明我很好、真的很好。

但我好嗎？

我爛透了。

後來在出版社上班前七天，我遇到了「他」，剛開始還在情傷中的我始終抗拒。但對我一見鍾情的他，每天在網路上敲我，跟我聊天、想要認識我，我拒絕跟他說話，他就傳訊息給我。我因為情傷過度把臉書所有跟男友有關的回憶，一絲不留的全都刪光，所以他覺得我很神祕。他的熱情感染了我，我都忘了女人被男人殷勤追求跟呵護是這種感覺。畢竟我跟同居戀人是從好友開始交往，雖然彼此有些動人故事，我們也替對方做了很多。只是最後終究剩下感情，沒有男女激情。

當我們述說著對彼此沒有戀愛感時，我彷彿失去身為女人的能力。

所以，我很快的戀愛了。我還記得那天月亮好美，我們坐在海邊聊天，從賞月到日出。

我們去阜杭豆漿吃早餐。每天交換彼此的故事，永不停息。

七天後，我們交往了。

我們會在家聽著爵士樂跳舞、他陪我去台南台中的簽書會順便小旅行，每天會一起吃中飯再送我去上班，他還會在我工作時偷畫我。

雖偶爾會吵架，但也算神仙眷侶的生活。我們聊著是否要結婚，約好了相戀半年後，若還是這麼合拍就結婚吧！

然後，他去中國大陸工作一個多月，中間我碰到了些事。

家裡出了問題、工作有些壓力；我有時跟朋友出去喝酒讓他不開心，我的家族旅行讓我歇斯底里。

因此……我們出現裂痕，我覺得他沒這麼了解我。至少沒我的好朋友們這麼了解我。我心想既然你希望我的世界只有你，就不要這麼隨意來去。

總之，我發狂了，我拿過去跟未來比較，我沒走出前段，就卡在現在這段。

然後，我們分手了。

分手時，我正在編艾莉的書《愛、不愛都有病》，當時看著愛情裡的幾種病徵，細想著我自己。

於是我決定好好單身一陣子，剛開始還碰過不錯男孩讓我猶豫，咬牙拒絕。誰知……立定志向後，一單身就單了兩年餘。

三十多歲的單身兩年，比起二十幾歲的兩年，更為告急。想要結婚生子的女性，會感受到卵子危機。

可事情就這樣發生了，日子就這樣夯不啷噹的過去。

其中我經歷了試圖挽回男友失敗、躁鬱症發作、跟父親分手，新舊好友的洗牌，工作創作上的低潮跟衝突。有些類約會，還有幾次沒火花的相遇。

有快樂、有埋怨，有悲傷。直到某天發現，唐立淇老師跟蘇珊米勒的星座分析都說，這兩年多土星停留在巨蟹的真愛宮。所以戀愛會受困，不然就是不來電。迷信如我定神一看，開始日期正是我分手當下，嚇得我肅然起敬。

提筆當下，土星已經遠離。真愛是否出現還沒定論。可卻寫了本《單身病》。有位好友看了抗議說：「單身不是病啊！」我笑言：「有病的向來比較有趣喔！」

單身究竟是不是病呢？

我想，這書名更貼近在單身的過程裡，我如何去發掘我的「心病」。

本書收錄了單身兩年餘的心情散文。通篇都用「我」來敘述，是繼《我親愛的台北》後，另本毫無隱瞞的誠實心境。

曾經，我很痛恨單身這麼久。畢竟單身時間根本打破了我二十五歲到二十八歲的紀錄，更何況二十幾歲當時，我還有心儀男子，只是不得其心。

如今，我卻挺感謝這個漫長的「單身病」。

它讓我更面對自己，也更喜歡自己的不完美。

於是，我可以大聲這麼說：「我的三十五歲，比起我的二十五歲，更自在、更可愛。」

也謝謝這「單身病」，讓我這八百多天裡，有了更多美麗的相遇。

貝莉

2014.12.28

chapter

1

只有前男友的人

她說我們患了「單身病」；
太習慣一個人，所以不急著談戀愛。

而那些不斷戀愛的朋友都超怕寂寞，
所以一單身就要趕緊找對象。
心裡有人也要找個人來愛，沒那麼喜歡也拖著不分手。
寧願自私也不要一個人，可我們卻……
跟約會的對象變成朋友，
跟朋友嘗試去約會最後還是好朋友。
跟戀人交往半年數月最後分道揚鑣，
再見面時又繼續當著普通朋友。

於是驚覺，
可以跟所有人變成朋友的人，
其實都有著單身病。

就是下了結界，
很難兩人世界。
但不介意在這世界上，
總有些人，不會瓜分他的生活，
卻了解他。

給從前的戀人們

親愛的從前戀人們，

謝謝你們陪我度過很多時光，大部分的時候我是甜美的，多數時光我是任性的還沒在一起時總是很坦率。

可交往後，爲了怕美麗的夢會消失，所以老把想說的話吞在心裡不說出來。

想撒嬌的時候害臊，明明要先說我想你，卻講了五百句廢話之後才切入主題，心裡有不高興，東忍西忍，卻變得不像自己。

小時候，的確不是個好脾氣的人，所以長大老希望不要落入惡習之中，可正因爲這樣，每當情緒來了，就會成爲一個容易放棄的人。

我在這對我的輕易放棄抱歉。

「很多時候，愛情需要經營。」我日日夜夜，在網路上這麼跟大家說著，卻不是個身體力行的好對象。

常常犯錯、後悔、挽留、成功、失敗、離開，就在這輪迴中，來來去去，真的把愛情變成一場夢。

因爲怕受傷害，張牙舞爪的樣子，讓自己不再可愛。

不過那是原生家庭所給的傷口，要平復，只能靠自己。

而在這些跌撞過程中，不管有沒有習得一些什麼，卻得了不少回憶。

有吉光片羽的、有細細回想的、有魔幻到簡直不可思議。

很多時候，我們都真心相信了這是永遠。

可或許我們已糟蹋了所謂「永遠」。

因爲永遠若真的如此無堅不摧，爲何，總是在說了「再見」後，就沒有回頭的機會呢？

究竟是人生路上，我們還沒找到真正的對象，還是我們太容易放棄，所以就轉過身去，各過各的日子，卻也習慣，覺得這樣挺好。

然後，再下次，遇到個什麼人，或許有美麗的開始，或是平淡但溫馨的小小暖流。

牽手、擁抱、親吻、散步，到手鬆開，尋找下一段，這樣一次又一次下去，我們還會記得當時戀愛的初衷嗎？

我們還會記得曾經如此鋪天蓋地的，只爲了想找到，生命裡的靈魂伴侶嗎？
我希望我記得，再下次，我會牢牢記住抓住了就不要分開。

看錯人不會死，但因爲害怕先把手放開，反而讓人會跳入深淵。
雖然我們老笑著說：「一個人很好，沒遇到好對象不要浪費時間。」

但對我來說，你們都曾是很好的對象。
誤會也好、不適合也罷、時機不對也成。
分手時，可能恨過你們，但現在想到卻還是充滿微笑。
即便是最糟糕，最揮霍我青春的那位男子也是如此。

愛是用生命寫下的詩篇，所有的遺憾，都是準備跟幸福相會的韻腳。

親愛的舊戀人們，能遇到你們真的太好了。
你們讓我感受到被愛，學會如何愛人，察覺當人們不勇敢時，或者是在自給自足的生命中，我們是如何架起防護罩。
還有，去體會相愛、體會失去，感受到前所未有的歡喜悲傷，那真的是，最棒的禮物。

親愛的舊戀人們，謝謝你們過去包容我的缺點，離開時也不吝於告訴我想法，接受渾身是傷、滿身缺點的我。
我會記得每刻時光，傷心的、快樂的、甜笑的。
那會是我與你們每個人獨一無二的寶物，只要我們，曾經是真心互相喜歡或深愛過。

上蒼讓我們分開，畢竟有祂的理由。
就像祂讓我們相遇一樣。

相信總有一天我們都會再見的，希望到時大家都沒有遺憾。
若有，千萬不要逞強，告訴我，讓我給你一個擁抱。
畢竟曾有一刻，我們是世上，對彼此最坦承、毫無保留的人。

前男友

我跟某任前男友是好朋友。
不是跟每任前男友都可以當好友，但他是特例。
我連談戀愛時，都會先跟對方說，我必定跟此人是好友。
當然他不是李大仁，我也不是程又青。（不知道的人請去查維基百科電視劇《我可能不會愛你》。）
也不是《真愛挑日子 *One Day*》裡的艾瑪跟達斯（雖然我們曾真爲了這片在一起）。

我們就是一對普通的分手情侶，卻還是好朋友。

說來別人或許會覺得不可思議，但本來就是好友的我們，雖然分手時，彼此的心都彷彿碎掉加上被大象踩過十幾遍。
雖然兩人眼睛都哭腫得像核桃，鬱鬱寡歡，感嘆爲何戀情會走到這個田地。
可當雙方冷靜後，決心恢復好友關係。

周遭當然有些冷言冷語。
會在我倆都單身時揶揄說：「好馬不吃回頭草，兔子不吃窩邊草。」

這時我會笑笑說：「這窩邊草，我吃過了。」

就有人會若無其事地接：「我以爲他是回頭草啊。」

也有人說：「分手還是朋友，案情不單純。」

但究竟是有多不單純？不過就如此。

當然也有懷疑擺盪過，曾經在與他人戀愛時會想著，明明跟他比較聊的來，他都知道我想什麼，我危險時他一定會來救我，怎麼就是無法繼續下去。

可真不是這樣。

愛情與愛，有時還是有很大的差別。

很難仔細說明，有點像是學會騎腳踏車的技巧，或者是抓住平衡的訣竅，怎麼看說明書都不見得有效。

總之，他是我的好朋友。

我希望他好好戀愛，找到照顧他的女生。

但現在打算力拼事業的他，自覺無法照顧女朋友，打算單身。

每每聽他這麼講，我就耍賴地說：「那好，我單身時可以找你聊天打發時間！」

可我心情不好感情受困生活有煩惱，的確會跟他說。
他像我的家人，有時也會誠實地指出我生活問題在哪。
他有煩惱也會跟我討論，有時爲了跟他講最誠實的意見，吵起來也在所不惜。

他會大笑我的喜怒無常，對我工作上有任何進展也覺得很高興。
至於戀愛，當我說：「我是會想結婚生小孩的人啊，過了三十歲後，更會仔細思索這事，才不要亂談戀愛哩。」
他會大笑說：「我就知道！」

比我年輕許多的他，人生還有很多可能。
也因此有許多大無畏的精神，對任何事情都是充滿幹勁地拼下去，硬著頭皮要突破。

不是樂觀的人，卻有著強大毅力。

我曾問他說：「你會後悔我們分手嗎？」
他說：「不會，人生不管做什麼事情都不能後悔。」
「那有後悔跟我交往過嗎？」
「就說了我從來不對我人生任何決定後悔。」

我老是愛找性格嚴肅的他麻煩。

然後兩人開始笑著爭執起到底誰先說分手，誰先想分手。

唇槍舌戰了陣後，我說：「現在這樣比較好啊！」

他說：「是啊，我不就說了嗎？」

這時我提起了葛妮絲派特洛演的電影《雙面情人 *Sliding Doors*》。

人生往往有很多選擇，但每個選擇都有多種可能，沒有好跟不好，就是自己的路罷了。

我問他看過這電影嗎？

他的確看過，點點頭，肯定明白我意思。

有些人就是不適合戀愛，只適合當朋友。

很難有戀愛中的甜蜜火花，卻有生活中的相濡以沫。

沒辦法盪氣迴腸，卻有著彷彿幾十年的好交情。

偏偏兩人，卻還是喜歡「戀愛」有戀愛感的人。

這聽起來是個中等結局。
可我們當時試過了，也挺好了不是嗎？

我喜歡我的前男友，甚至愛他。
就像我愛我最好的朋友一樣，他們同等重要。

謝謝他讓我認識愛的多元性。
更在下段戀愛後，學會了愛與戀愛的不同。

他戀愛時我肯定不會當造成兩人吵架的電燈泡。
就像我在談戀愛時，他會維持的理性距離一樣。
搞不好哪天我生小孩時，他爲了嫌小孩吵，就懶得理我了，哈哈。

誰說前男友不能當朋友呢？
誰說好友不能嘗試戀愛，分手後就一定老死不相往來。
雖說沒必要每位前男友都要當朋友，但若此人真是你生命中如此重要的一個角色。
無法戀愛，也不代表沒有愛。

質數的浪漫

看到一則報導聊到「質數」。

關於質數，新聞上是這樣提到——「古希臘數學家歐基里德證明質數在自然數中有無窮多個（質數是指因數只有1和本身的正整數，如2、3、5、7、11等）起，隨著數字越來越大，兩個相鄰質數的差距也越來越大，在數列中也越來越稀疏。」

也因如此，很多人常說，質數是孤獨的。它沒有辦法跟任何人相配，像找不到伴侶的單身男女。隨著年紀越來越大，看起來，彷彿越來越孤獨、跟別人距離越來越遠，沒有盡頭。

可是，報導上也說著，百年來，數學家猜測，在無限大的兩個相鄰質數，其差距應該是有限的，但一直無法證明。

就像許多人常常鼓勵單身男女說，嘿，不要灰心，你一定會找到伴的，嘿，不要氣餒，一定會遇到真愛喔。

質數的距離到底存不存在，誠如我們會不會最終都可找到真愛，或者至少不孤單一樣沒有答案。

誠如我引用了上百次，王爾德在《溫夫人的扇子 *Lady Windermere's Fan: A Play About a Good Woman*》劇中那話：「真愛就像鄉間鬼魂，人人都聽說過，卻沒人真的見過。」

可是，報導上說著：「找到答案了。」

新科中研院士張益唐發現了，質數的差距，是有限的「不管多大的相鄰質數，兩者的差距一定小於七千萬。」

這是個偉大的學術發現，兩千年來的巨大改變。但像我這種如法國導演侯麥，電影《夏天的故事 *Conte d'été*》那個女服務生笑言自己的工作是「研究人類」的傢伙。看到新聞時只想著：「啊，無論如何，在七千萬人中，必定會找到屬於自己的另一半啊；再怎麼看不到盡頭，原來，最遠最遠，只是隔七千萬嘛。質數，不是無窮無盡的孤獨啊！」

如此一想，質數突然浪漫了起來。

原來，寂寞不可能沒有盡頭的，在茫茫人海中，總會在有限度的距離裡，發現彼此。敬，每個「質數」。

後記：被我戲稱為「活動維基百科」的朋友看完文章跟我說，在張益唐博士發表論文後一年，被發現最大質數跟次質數，相減的距離是246，我笑稱：「所以現在是代表隔了兩百四十六人就可以相遇嗎？」他說：「寂寞的盡頭是七千萬，似乎比較浪漫啊！」

相愛，是需要運氣的

同志好友跟我說相愛是要運氣的。
我笑了笑，好多年前我寫過這篇文章耶！
那時是另位同志好友貼了這首歌給我，因為他覺得我跟另個男生沒有在一起好可惜。

當然，那是只有當「好朋友」的運氣。
這樣的運氣有時是福氣，不過當時，不見得知道。

好友則說，他的「運氣」有點不一樣。
他總是有單戀的運氣。

我笑說，好好一個男同志，怎麼會「單戀」。
對我來說他帥氣又可愛，也很貼心，只是常常落入單戀。

「可能我不想妥協吧！」他說。
「誰願意妥協啊！」我也笑了。

或許就是這樣，他向來喜歡主動出擊（或該說是先喜歡上對方）。偏偏他又有點害羞，你要他去上床可以，要發生真感情時，他就會想很多。或者是，會喜歡上別人時，不知道該怎麼開口，又猜不透對方心思。

鼓起勇氣天天說話，但說了半天也不曉得會如何。想要跟對方出去，卻只膽敢一起在同志酒吧嘻嘻哈哈。

「你是女生吧！」我說：「你這行徑跟女生單戀男生有什麼差別？」

「男同志不能害羞嗎，妳有歧視。」他反駁我。

他告訴我他喜歡上一個男生。本來只是有天喝醉上了床，結果就這樣來往了幾次，他分不清楚男生的感覺，就停了下來。

「有時喝酒我覺得他看著我，有時又感覺不到他的眼神。」他苦惱地說：「幾乎每天都會傳簡訊或說上幾次話，但多半是我主動，我不知道他在想什麼。」

「那你有跟對方講嗎？」我問。

「我怕知道答案。」

我懂他的感覺。

雖然老鼓勵大家要勇往直前，不要去害怕失去，要去爭取屬於自己的幸福。

但對於沒把握的事情，很多時候都沒勇氣開口，有時候，就是會害怕。
害怕因爲說太多，現在的感覺會跑掉。
害怕說太多，連朋友都不能當。
害怕說太多，最後，卻發現是一場錯誤。

所以心裡想著：「啊，這樣就好了。」、「沒關係，先停在這裡好了！」
於是，我因爲他的那段話，開始去翻我的舊文章，想到單戀的那幾年。對於對方感動又不知所措的樣子，覺得可愛了起來。
朋友到了三十幾歲，還有單戀的能力，其實也滿好的。
雖然或許太復古，但去猜測對方的想法，也是種愛的力量。

「相愛，真的是需要運氣啊！」聊著聊著，我忍不住語重心長地說：「所以日劇《三十拉警報》才說：『兩個人相愛，是上帝的奇蹟啊！』。」
「我們都不知道拉了幾年警報了，都失火了吧！」沮喪的他恢復男同志的妙語如珠說：「那妳有相愛的運氣嗎？」
「雖然想好運，但我猜，我可能，運氣不太好喔！」我傻傻地笑了。
是我說了太多愛情故事的原因吧，正如天橋底下的說書人，往往都甚少講自己的故事。

大魔王

好友大A曾寫了篇文章說明大魔王是許多人愛情裡過不了的那關，無論與多少人談戀愛，那始終是心中一根刺。

昨日與好友喝茶聊天提到了，有時大魔王或許是原生家庭父母、兄弟，或許是某個朋友，或許是職場上或求學時代的某個傷害過你的人以及自己（像推理之父艾倫坡的大魔王，應當百分百就是他自己）。

大魔王是心中的刺，但解決的方法不是拔掉它。因爲那是心中的一根刺，拔了，只會血流不止，導致身亡。或許有時我們不如就直接往心底刺，讓它順著血液流，成爲心中的一部分，隨著時光，慢慢淡去。

三十四歲的生日過後，我驚覺我的大魔王不是哪個「戀人」，而是我的父親。父親年輕時英俊瀟灑、說話好聽，又玩樂團又會畫畫，退伍後事業有成、辯才無礙。我的父親，或許是許多人心中的大魔王，肯定是，但他可能壓根沒想過，會成爲自己女兒的大魔王。畢竟他女兒我，也未曾想過，只是隨著年齡增長，每段戀愛都結局不佳。雖然分手後有些人還是可以做朋友，但不知爲何，老在濃情蜜意過後，我就開始懼怕很多事情。

害怕妥協、討厭溝通，覺得想逃。

認定幸福不屬於自己。後來才知道，那是因爲我沒有所謂「父親模範」，雖然我有很棒的爺爺，但爺爺仍舊不是爸爸。

大膽告訴父親他就是我的大魔王，是三十五歲的父親節前一天，當時媽要我對爸爸說父親節快樂。我想了很久，卻順便跟他說，我必須跟他保持距離，因爲長年渴望得到父愛，最後又失望的情緒，只會加深我對愛的恐懼。因爲有著過多期待跟失落，所以每段戀情都會覺得被傷害，或是時常啓動自我防禦機制去攻擊別人。

我渴望去相信別人，所以我想要先跟他保持距離；不是我不愛他，只是，既然他也沒辦法當個好父親，他的能力只能愛他現在的妻子、兒子，那大家就不用勉強在禮俗上。

聽到這，許多人會想罵我不孝。但不是這樣，我太渴望父親，導致終究會給彼此壓力。當時不過是斷尾求生，我想試圖找到自己的幸福。

從講了那句話之後，過了三個月。

我發現我解脫了，父親當時回我，他很愛我，他希望我幸福，他尊重我的決定。我決定相信這句話，我知道他真的自顧不暇。

從那天開始，世界有點不同，我開始思考自己要什麼，盡量學著相信別人，就算發現被欺騙，也不覺得那是詛咒。

畢竟，詛咒已經解開啦！

我會覺得謊言的誕生是因爲對方不想傷害我，或者他就是脆弱的不想面對，或者我們就是不適合。

我會認爲，枷鎖已經解開，我如此勇敢的跟我父親「分手」，那麼我更要勇敢去愛。

而正因爲這樣，前幾天，又有新朋友問我，遇到大魔王會怎麼辦？以及，有沒有遇過大魔王？

朋友不知道我跟父親感情不好；他講的自然是戀愛裡的大魔王。

我想了好久好久好久，最後才說：「有過吧！」

以好友姿態相戀，曾覺得是最棒最幸運的靈魂伴侶，最後卻獲得「沒有戀愛感」這句話而分開。不顧一切往惡谷跳，最後才發現自己是第三者，而他要的只是崇拜的兒時學長。那些曾恨透的、不想想的，或者是聽到名字就想哭的人，現在都離我好遠了；那些得不到的，約會失敗的，也變成某個有趣或者美好的回憶。
日子不管怎樣都不會回去，誠如我再也不會怪罪父親是我戀愛的原罪。
我想，最終大魔王沒在我心底留下，要幸虧我的敢愛敢恨。愛上了，就算再丟臉，也想知道會怎麼樣。不愛了，不會有多餘的勉強。
交往過的，的確又比沒交往過的好些；沒有交往過、對方又始終釋出訊息，卻不給予愛的承諾，是最痛苦的凌遲。

對我來說，大魔王是遺憾跟不服輸的存在。
大魔王，在多數人心裡，是沒名份的存在。因爲卡在那不上不下，牽扯不清又無法離去的。於是就這樣掛念著，每次只要對方召喚，就回頭了。
而我這人，年齡漸長後，少有習得的優點就是——認輸跟不留遺憾。
於是他，就不在了。
就像，我認輸我就是無法有個社會規範眼中的好父親那天，陰影，就不在了。

不夠喜歡

每個人都在關心我跟他有沒有在一起。

說每個人太誇張，總之，是熟識我們的族群，發現我倆在各自變成聊得來的朋友後時常混在一起，就老是在起鬨。

有陣子我還覺得太煩跟他保持距離，此刻想想，那時是否心裡也有鬼，那單身過度的時空裡，才想著是否我們也適合，也許這樣也可以喔，所以才言詞閃爍、心神不定。

「試試看啊！」打工時期認識的牡羊座女生，老覺得我是在逃避或者害怕處理這件事，讓我迷惘許久。

「我覺得不是，如果真有什麼，妳早就衝了！」還是老友懂我，她知道我戀愛是轟轟烈烈天地不管。只要真愛上了，非要進行到底。

真的，那段時間，我反而變得好奇怪。因爲太想要去試試看，反而性格扭曲。無法正常講話、沒法舒服做自己。別人講個什麼，我就疑神疑鬼。想要因此展現我女性的一面、想要發掘他男性的一面，想要屏除我以往一見鍾情的性格，去「試試看」，但，我好卡。

後來，卻想通了。如果用理智來看待一個人，根本不是戀愛中，或者是準備交往前的我。也許去想適不適合時，是有這麼點喜歡，可終究不是心動之人。想完之後倒順暢很多，我們繼續當著好朋友，大大方方同進同出，大方到連他前女友都跑來說，唉呦你們在一起啊很適合啊。這時我卻笑了，我說：「我們真的沒辦法，妳知道我的，要在一起就會在一起，我不會爲了誰影響我的決定。」

我們，有曖昧嗎？

至今我都不覺得那是曖昧；善男信女不見得要交往，或許時常有些美麗時光；無話不談也不見得是愛，又或許就是聊了太多，才沒有火花。

但真要問我有沒有喜歡？

我想多少有一點吧，可若我對一個人沒有占有慾、沒有嫉妒時，我就會定位爲不夠喜歡了。

喔對，我更不信那種，不要交往我們就可以永遠在一起的那種渾話。不想交往，就是不夠喜歡。沒有其他八百萬個理由。

應該

總是有些八卦會在城裡傳來送去。終究、終於，還是聽到了一些過往的新消息。朋友略帶三八地傳了張照片給我，問我說：「嘿，妳看這女孩像不像妳。」我楞了楞沒說什麼，不過就是舊情人的新戀人。挺可愛、年輕，小他十來歲，喜愛運動，是個小才女，連我也忍不住傳了簡訊損了幾句。

沒啥大礙，只是那樣的年輕讓我有些不知所措。當身爲女性的我們只能往前走時，也許男人都還能前前後後，有著寬廣的路。身爲朋友的我，替他開心，身爲女人的我對自己感到荒謬。我能嗎？如果是我，可以跟這樣年齡的男孩交往嗎？我無法，我的無法究竟是身體的限制、還是其他？

女人跟男人之間，無論如何平權，只要談到結婚生子，或者一些保守包袱，終究還是有些無法跨越的關卡。

也許是我不夠時髦，終究還是被些老舊包袱困住。

我想著那時曾經討論過有一天可能會結婚的我們，如今又看著一個二十幾歲的女孩抱著他家那隻我離開那天曾依依不捨的狗兒，甜膩地相處的模樣。

覺得好像一場夢。

我的朋友笑說：「喝個 Shot 吧！」

我說：「工作還沒做完，沒空喝酒。」

於是我點起了楊乃文的〈應該〉。

與歌詞無關，我總是喜歡在這奇妙的心境下聽這首歌。也在不想面對自己的日子中，於深夜喝了些酒，在公開場合寫著若有似無，不知真假的文章。那些文字密碼把那些情緒記錄下來。到了多年後，卻連自身都解讀不出當時的真相。

然後腦海裡，持續響著乃文唱著：「應該趁著還年輕好好感動　應該把握每次眼神的交錯……」

爾後青春，就這樣慢慢逝去了。

我的失敗和偉大

〈我的失敗與偉大〉是劉若英的一首歌。聽了許多年還是很喜歡，不知道算不算沒長進的一種。

長期以來，都是很神經質的女人。只要凡事順心，我都開心，無大事。雖愛胡思亂想又有點貪心，不過，只要活在愛裡，我什麼都好。

若沒有被愛，世界彷彿天崩地裂。

這讓我想起小時候看的星座剖析，上面說著，巨蟹座女人就是要被愛，不然就是枯萎的花朵。

我知道這話講出來，應該會被說女人要愛自己的人們攻擊。但我沒有不愛自己，我只是喜歡戀愛、喜歡被愛，喜歡兩個人勝過一個人。而且對我來說，那些人都是很棒的人，我並不會因爲寂寞，隨便找個誰來愛。

只是我還是很怕失去。

每次若因爲自己的任性無聊失去個東西，就會更用力的去抓緊怕離開。像是得了離別恐懼症的小孩，或是幼稚園第一天，要去上課，捨不得爸爸媽媽，嚎啕大哭的女娃。

也許，是我從未經歷過這塊，所以還是有這早該丟棄的壞習慣。

爲了怕失去，用排山倒海的信件想要獲得原本的日子；爲了怕失去，所以用一種難堪的討好，想要回到原本的日子；爲了怕失去，一點點安靜跟冷靜都無法實行；爲了怕失去，總是困住無法放下往前，因爲害怕前方風景。

卻從沒想過，這一切失去，都是從害怕失去時先大喊著：「我不要了！」率先開始。

後來想想，這一切的行徑，不過是童年的缺憾。

我無法在爸媽離開時大喊說：「我不要。」

我無法等待，因爲等待的結果向來都是別離。

這些童年傷痛跟著我，始終無法拋棄，好久好久，直到我到了當年父母都離婚多年，我搬去媽媽家時，自己到了媽那個年紀，才漸漸明白。

當媽在我現在這年齡時，我已經九歲，已經經歷了被同學欺負、遇到了些事故，逃回媽家住，原來，時間已經過了好久好久，都過了二十五年，我才真正去面對這些東西。

人們要什麼時候才學會，不要讓過往的記憶導致去傷害別人呢？
人們要什麼時候才學會，記住過去的教訓，不要再輪迴去讓自己失去幸福與快樂呢？

這份功課太難了，只能提醒自己不要忘記。
這份功課曾經太被我視做理所當然，所以我總是忘記。

願我有天可以學會當個冷靜跟信任的女人。
雖然現在，這對我來說，還是很困難。
願我有天可以學會什麼是安靜與信賴。
不是每個人都像我的父母，說了等等見就會離開。

「有時候愛情會失敗，只要是真愛都偉大。」，這是劉若英那首歌裡，我最喜歡的歌詞。
我的失敗在害怕相信愛，可我想，我的偉大在於，明明如此害怕，還是要硬著頭皮去愛。

十步之遙

「如果是十年前，我一定會跟她在一起。」

散步回家路上，他跟我說了這事。我們有多久沒見面了呢？半年？三個月？或者是十五天？我也記不清了。

總之，只是回家路上我們聊起了擇偶條件。他說了他會喜歡的女生類型「熱愛生命、喜歡工作、有一群好朋友、愛旅行、愛笑……」

聽著聽著，我半開玩笑說：「你暗戀我喔！」

他細數反駁：「熱愛生命……好啦，妳有，但妳有時候黑暗啊！」

「請不要為難躁鬱症患者，我已經盡量熱愛了！」

「啊，也是……熱愛工作，有。一群好友，有。愛旅行……」

「怎樣？」他突然不接話了，我消遣他：「還有呢？」

「算了啦，我不記得……」他自暴自棄地結束話題，我大笑，並藏了句話在心底。

那時，我只是想跟他說：「親愛的朋友，戀愛本來就不能條件論，沒有心動感，打這麼多勾也沒用。」

我換了句話問：「那『她』不錯啊，有符合你的條件。」

她是他最近約會的女生，說約會也不明確，真正出去次數也曖昧不明，總之，女生很喜歡他，他也不拒絕，只是不想在一起。

「說真的，我滿喜歡她，只是我們不適合……」

「不適合？」

「嗯，她有個缺點我一定會跟她分手。」

我們是在談感情不是八卦，所以我也沒多問細節。這時他補了句讓我更感慨的話：「如果是十年前，我一定會試試看，但隨著年紀越來越大，有些無法妥協的地方，就別爲難自己，也別害了對方。」

不給承諾或許是他不想害對方的方法，但寂寞時還是會聯絡對方，是否也是傷害呢？我沒講，倒是想起了當年的我們。

「這天氣散步真不錯。」他笑著看我。

「是啊，雖然你缺點超多，但我真的好喜歡跟你散步聊天。」

笑著走著，他手搭上我的肩，我順勢回搭他，頓時想起：「啊，我們沒有在一起。」於是，我把手抽回，他似乎也想起了我們的身分，也把手抽開。

「我也是，如果是十年前，當時我一定會跟你在一起。」走在敦化南路的分隔島區，午夜的敦化南路車少、樹多，僻靜，是我們每次見面都會散步的地方。

「可是我們一定會吵到翻掉。」我走在他前頭，避看他的表情。

「這是真的，我相信。」

「是啊，說真的，跟你在一起是真的很愉快。我不是說交往，而是說那些相處的日子。」

「但我們隔了十年。」

「對啊，十步之遙。」我又笑著說句：「並且晚了十天。」

那是生日隔了十天，相同年齡、相同星座、太過相像、又太過害怕的我們，永遠的界線。

chapter

II

我的朋友

媽媽總說我是孤僻的人，
此話說出，朋友們竟然訕笑。
但說真的，
我的童年時光，的確不是很熱鬧。

小學三四年級時，因為不善相處被同學們排擠，
當時同場加映的親戚性騷擾事件，
讓我更害怕與人接觸。

五六年級時，的確交了一些好同學，
但到了國中後，又疏遠。

那種格格不入的感覺，卡著。
我始終覺得自己奇怪又討厭。

二十歲進了「失戀雜誌」文學網站，
認識了些喜歡創作的朋友，
到了二十五歲，終於在工業設計部，
跟同事們打成一片。

終於，
我發現我沒那麼怪。

有了這些朋友，
我才發現，我並不孤單。

我的海灘男孩們

「掌門，妳在幹嘛！」凌晨兩點多，正要睡覺，臉書群組有個傢伙在吵鬧。明明隔天還要上班，不知道在耍什麼，我不理他，繼續看電視，還在繼續鬧，連電話都打，平常，他才沒這麼瘟。後來才知道，這小子有心事。

爲什麼我好好個女孩被叫掌門，起源是我們家姊妹腿都漂亮，妹妹的是拿來迷人，我的是拿來踹人，就有了「賀家腿掌門」這個爛稱謂。

但當掌門真不賴，可以大聲吆喝耍任性、吵著要喝酒、長途旅行時會有人來機場接我、想要吃什麼就可以約著一起吃飯、帶我去買畫具、看醫生……能夠笨蛋幼稚滿點，也可以老是兇巴巴。不過當掌門也是有代價的，譬如有人開口說：「掌門我心情不好。」無論二十四小時，只要是醒著，就要出門。

畢竟他們都很照顧我啊，我這無行爲能力的人，除了聽故事，也沒本領了。於是走去小酒館。除了隔天一早要顧店的傢伙，通通都到齊了，還多了幾個特別來賓。

到現場問，你們十點多就吵著要喝酒，爲何沒人告訴我是爲什麼？

「有啊，他有說要直走到底！」我的白兔弟弟說道。

「講這種誰聽得懂，我只當是酒癮犯了。」話說那時我還忙著在看木村拓哉當久利生公平。

「妳不懂，男人就是愛面子，這樣講，就是有事！」

「對啦，我真的不懂！」接下來我開始問男生心情怎麼不好，另外幾個傢伙開始躲在旁邊笑說我是談話性節目開講，害我怎麼都無法好好聊下去。

所以只能給個簡單的方法，好好地給個擁抱。偏偏又有另個蠢蛋弟弟喝醉在旁邊亂吵亂鬧說：「你幹嘛碰我姊、你幹嘛碰我姊……」還驚訝地看著我說：「妳何時剪頭髮了？」這低能兒偏偏前天才說了我剪短髮好看。

我看著他們大笑失聲，喊著：「來一組 Irish Car Boom！」這是由來自愛爾蘭的 Jameson 威士忌、健力士黑啤酒加上貝利斯奶酒所調的 Shot，這也是我們群組的名字。

我問男生會不會難過，他說不會，離開了就算了，這樣停止糾結也好。可我知道，他當然難過。

因爲他說了，真是註定好，剛好心血來潮明天想休假；因爲他說了，真是剛好，時間也差不多了。

但人生，哪來這麼多剛好，尤其是難過的時候。只有說「剛好」轉化爲這是神明賜的禮物，才能開心些。

他說著無所謂，卻在大家都回家後留言說著：「謝謝你們來……」

對我而言，這真的沒什麼好謝。平常讓我無敵任性到極點，我才要感謝。

難過就難過，有什麼關係，就像日劇《海灘男孩》裡所說的：「沒關係啊，反正是夏天嘛！」既然決定直走，就好好往前走吧！你們這些笨蛋傢伙！

PS. 不是什麼養眼的畫面，只是這群幼稚傢伙，會在高興時大放日劇《海灘男孩》的片尾曲〈forever〉在好好的一間小酒館裡耍白癡。這天，當然是用這首歌收尾。

肥肥

肥肥是我的好朋友。他當然有個好聽的名字。不過他貪吃暴食，喝醉時喜歡耍下流亂牽女生手，隔天又會失憶。動不動就喜歡上別人，偏偏對他有好感的女生他又不愛。朋友聚會都會帶詭異爛片、怕寂寞別人不立刻回覆他就會電話狂攻擊。小時候明明是個帥哥，後來相由心生，越長越歪。也常常被我們罵個半死。但我喜歡肥肥，他是個好朋友。雖然他很不會安慰人，但他是好朋友。

肥肥的朋友跳樓自殺了。那天，他在聊天群組丟下這訊息後，便沒多說什麼。我打了個電話問說是我認識的人嗎？他說不是。聲音聽起來哽咽。說著：「這週我不出來玩了。」

肥肥常說：「我不出來玩啦！」、「我不要喝了！」但他性格容易被催眠，只要多講幾次，他必定出門，可這次，沒人叫他。

颱風夜那天，我找他出來。說，我們群組聚聚吧！原本三四人，後來除了人在澳門跟生病的朋友，全都碰著了。我在隔壁桌跟朋友聊著，回頭，肥肥哭了。

我當然不是第一次看男人哭。我看過失戀的男人哭、工作壓力大的男人哭、家人過世的男人哭。但這是我，第一次看到有人，爲了朋友過世哭。他哭得很醜，讓我想起胡志強在邵曉鈴出車禍那次，在螢光幕前不顧一切地哭著說：「請救救我太太。」那個畫面。

雖然肥每次喝醉想要給我們擁抱、想牽手，老被我們罵個半死，女生尖叫閃開，我還曾經賞了他幾個巴掌，差點都有路人要出來解圍，以為我被騷擾了。但那天，我擁抱了他，這傢伙，竟怯生生地，不敢靠近，他很難過，難過到只顧著哭泣。我，感受到了。

我看著肥肥心想：「啊，原來當一個人，以為世界再也沒有人在乎他，活著只是給人困擾，只想離開這世界解脫，並且真的走時，其他仍在這世上的人，是這樣看的。」

我當然遇過周遭的人死亡，只是，當時那自殺的朋友，說了太多的謊、騙了太多的錢債情債，那種又惱又恨的感受，跟肥肥的哭泣，不太一樣。

肥在群組說：「答應我，你們都要好好活著好嗎？」

「好。」我第一個回答。

他朋友公祭前夜，另個好友在群組點了首歌給大家，也貼上臉書說：「你們都給我好好活著！」

我也第一個留言說：「好。」

可能會有些人想著，我搶著說這「好」有啥意義呢？對我來說，意義可大了。

長年受身心疾病困擾的我，有時無法控制時，會無奈地控制不了自己，送進急診室。二十歲、二十五歲、三十四歲⋯⋯。很多時候想著，我要這樣對抗多久啊！

有遇到體諒我的朋友，也遇到無法原諒我的朋友。但看著肥肥的眼淚，我突然知道了。如果我離開，會有個人，在某個地方，哭得好難過好難過，朋友們會給擁抱、會不知道說些什麼，或者有像我一樣曾不知珍惜地在生死關頭徘徊的人，只能扯著奇怪的笑臉對大家說：「嘿，我們來喝杯 Shot 吧！」想要用酒精沖淡一切。

然後我就說了：「肥肥，我會永遠記住你哭泣的臉，以後，若真的又不小心發病時，我會想著那刻，花百分之百的力量活下去。我會，試著打給你。」

肥說：「妳要好好照顧自己喔！」

我說：「我會的，因為有你們。」

奇怪的畫面。

肥不是我認識最久的朋友，他當然不是我最好的朋友，群組的夥伴們雖合拍，但，也是近期熟識。

可瞬間在那眼淚中，我懂了。

即便我們覺得生命有多不堪，總有人會為了我們哭泣。

為了那眼淚，就值得我們，好好活下去。

女孩們的ＫＴＶ

上海工作的朋友回來放春假，大夥約了錢櫃唱歌。這些年甚少進去錢櫃，去之前大家還笑說，真有歌會唱嗎？應該都是老歌吧！

可又想約個地方舒適可以吃飯又可以聊天，還能嬉鬧，就選了錢櫃。

一進去，歌還來不及點，就夾起筷子猛吃飯，三兩下點的食物就一掃而空。之後忙著開始交換近況。在上海工作的朋友，告訴我們她遇到的事情，我們在一旁當給予力量的聽眾，其他人也穿插自身境況。聽著、發呆著，有時笑，有時給點意見，有時，像個觀眾，躲在自我世界裡，看著這些女孩們。

不擅長同時跟這麼多人密集往來的我，連學生時代，都沒有接近六七人可以混在一起的女生朋友，不是擅於成群結黨的類型。在小酒館的確認識了不少人，偶爾會碰面出遊，可卻到了三十多歲，才開始有著這樣大群又近距離，固定同樣人數約出來碰面的朋友們。

每個人毫無形象地笑鬧、歌唱，芭樂歌、台語歌、古早快歌，沒有一首錯過，笑到站不直，跳到渾身是汗，還被朋友拍了幾張照片放在網路上，沒形象的樣子，嚇得直跳腳！

緊接著，點起了幾首觸動人心的歌，莫文蔚的〈陰天〉，劉若英的〈後來〉、〈我曾愛過一個男孩〉，前奏一起就讓我被朋友們噓，大喊我才不要被唱衰的〈一輩子的孤單〉。

然後好友點了她擅長的張惠妹，有人點了那英、孫燕姿，最後來到了蔡健雅，在〈拋物線〉這首歌我們都靜了下來，許多人慢慢眼眶泛紅，最脆弱柔軟的地方被點醒，平常保持很好的歡笑距離，突然被瓦解。

有幾個人哭了，調皮的人拍照留了下來，拍照的人，竟後來也哭了，原來是不捨獨自在上海承受許多事情的朋友，看著很感動。

大夥剛認識時，就是一起喝酒大發瘋，亂開玩笑的女生，追求好玩而已。後來發現個性相似，有空就抽時間混在一起，平日各過各的，頂多在 Wechat 微信開了群組，三不五時才聊聊天，不打聽對方隱私，尊重彼此生活。有人想分享時就當好聽眾，想要胡鬧就瘋瘋癲癲。

真正熟了之後，杯中物開始少了，聚會聊天時間多了，初次見面七個女生加上兩位同志情侶喝掉七瓶烈酒的瘋狂劇情消失了，我們除了玩樂開始真心跟彼此當朋友，這些人裡，有些困在愛裡、有些獨身，感情最穩定的卻是位男同志，所以一直被大家半開玩笑的抗議世界也太不公平。

單身時有這樣的朋友是有趣的，就像號召我們碰面的朋友說：「今年能認識你們真是最幸福的事。」我揶揄著：「這可千萬不能是最幸福的事。」然後獅子座的她吆喝著：「那好，我結婚時妳們通通都當伴娘！」並指著陽光帥氣的同志朋友說：「你也一樣！」

那時我笑了，笑得開心，眼底也有許多淚水想流下來。明明KTV已經從悲傷的情歌，轉成開心熱鬧的英文歌，讓大家繼續第二輪的熱歌勁舞，可正因為這樣，才令人更感慨良多。

還好有你們，世上許多悲傷的事情都可愛起來；還好有你們，就會知道，大聲喊著需要愛、不想一個人、又有著樂天性格，是很美好的事情。

我們怕孤單，但不孤單。

雖不知道能當這樣的朋友多久，但很謝謝生命中，在些奇異的轉折裡，會有些新的伴侶闖了進來，共同度過一些時間，那是有趣的生活夥伴們。

最後我想說的是，我騙你們的啦！哪來這麼多一輩子的孤單。就是因爲不怕，才敢在KTV裡點起這首歌，大聲的唱著，並希望大家都幸福。

今晚，唯一發現這真相的好友，在我唱時，悄悄地在耳邊說：「欸，我沒聽妳唱過這歌耶！」當然，因爲那時，我怕死孤單了，雖老說一個人很好，卻非常非常害怕會孤獨終老。

可現在，我覺得，當人不要逞強地故作很好，大方地說著：「想戀愛啊」、「會想結婚啊」、「的確在等待戀愛機會耶」甚至還有一些這樣的朋友時，好像很多事情，就沒有如同打石膏，一敲就碎的假裝了。

散沙幫

這本書，我最後寫的就是這篇文章。編輯都在校稿，書準備進印刷廠，卻還沒寫好。我不知道該怎麼講這七位朋友，雖然有些本來就有好交情。但我相信，若不是科技偉大發明群組讓我們可以綁在一起天天說話。可能，我們就是一群在澳門曾經玩過的朋友，爾後只是常常會在小酒館相遇，還經常失憶把彼此忘記。

之前每次都卡在要如何介紹這七個人。因爲我們彼此的職業的確太過迥異。再來，因爲這票朋友太好笑，好笑到我其他朋友都會在臉書上追著我們的故事好像在看實境節目，深怕寫得不夠有趣。

可窩在這前往高雄的高鐵上，聽著身旁同事呼呼大睡，而我在緊張沒帶躁鬱症藥出門，卻深受他們支持安慰，甚至聽到光頭弟弟鉅細靡遺地跟他們講解我發病會怎樣他有多擔心的這刻，在感動之餘，我決定坦率直白的把心中感覺不加修飾地描繪出來。

散沙幫，是因爲澳門的 Rolling Stone 演唱會讓我們聚在一起。當時只是個意外，深夜的搖滾酒吧，大夥吆喝，一位前輩不克前往，我幸運地拿到門票。不囉嗦隔天訂了機票出發，當時，是演唱會前七天。

只聽說要借住朋友家，也不知道會有誰。帶著宿醉一夜未眠，到了往機場的路上才想到，天啊，我這輩子還沒跟過這麼多人出國，並且沒有一個算是貼心好友，通通都是酒友，還有一位是前男友的表弟！

這是一場偶遇，整趟旅行記憶不是很清晰，因爲一直喝醉一直玩一直笑，掉漆的事情一堆、不堪的照片更多，本來以爲這只是場如同電影《醉後大丈夫*Hang Over*》之旅，知道後來變成每天不說話渾身不對勁的族群。

當時住在澳門工作的阿尼家，她外型冷豔讓我很怕她，第一天晚上始終都是跟她妹妹，漂亮但天然呆的花花膩在一起，畢竟我是喝醉時發現人在Hard Rock Hotel的夜店，認識的三個男生朋友跑去別間店玩，其他通通不認識，只能緊緊牽著她的手。

我這個看似瘋狂，卻有異常嚴謹跟規律的神經質，碰到散沙完全不適用。到了澳門第二天在巴黎買的皮夾就掉了，下午睡眠不足就有從香港過來集合的 Gia 拿出 Parton 要大家喝 Shot，毫無反抗力的我拿起藥水的量杯就喝下去。她說，是那一刻她覺得我很有趣。

我們的職業完全風馬牛不相及。

有夜店公關、小酒館店長、刺青師、法拍屋仲介、國際精品服飾銷售員、網路行銷公司老闆、藝人經紀……

我們碰巧都會去和平東路樓上的一間搖滾酒吧，所以相遇；在那搖滾酒吧裡，可能見過了數十次，卻從來沒把對方放在心底。

剛開始，我們並不會跟彼此談心……每天都在群組裡說垃圾話，刺青師父小諒專門當會議記錄把每個人喝醉的醜態一張張上傳做紀念，欠罵的肥肥就是不停耍盧討罵，花花則是不好好上班一直貼著各類笨新聞，我跟 Gia 是三不五時有空就亂入瞎打屁。被說我們有偶像包袱的獅，則是每天被我們損到不行，我們還故意用他酒醉失態的醜照客製紀念 T-shirt，而光頭故作屌而啷噹，時時更新他的風花雪月。那時我們約定，不管發生什麼事，群組就是我們八個人，永遠不會因有另一半改變；那時我們約定，八個人的祕密，就關在這散沙群組裡。

大夥還真做到了。無論是後來認識的好朋友，還是群組裡曖昧或交往的對象，會來參加我們的聚會，卻沒人可以加入我們的 Line 群組。我們會熱烈歡迎他們的戀人，這些人也很棒，從不會抗拒我們的過分熱情或者亂發脾氣。

男生組戀愛運向來好些，女生組總遇到怪人；笨蛋組講話令人發笑，聰明組有時愛吊書袋……太多了，在天南地北之後，我們才開始談心。

是什麼時候變這麼好呢？

某天跟阿尼聊天，酒過三巡，我說很高興她在認識沒多久後就直講說：「貝莉妳是不是怕我？」我說我是啊，當時真的很怕，但她的直率反而讓我開心。後來她才告訴我，她也是，因爲澳門之行，她唯一不認識的就是我。可我們很高興認識彼此，以爲不能說真心話的酒肉朋友，卻變得可以相信。

散沙有個好處，就是我們做什麼都很隨心所欲。

譬如在澳門那次，除了 Rolling Stone，沒人有特別要參加的行程，沒去哪觀光覺得可惜。大家都躺在那像一盤散沙，說要去什麼地方講了半天也不見得成行，唯一團結的竟是在眺望塔買了土到家的合照鑰匙圈，那時還花了我僅剩現金的一半，也覺得沒關係。

散沙可愛的地方是沒有秘密。

沒有秘密不代表什麼都說、什麼都挖，我們尊重彼此，你想講我們聽，你不說我們不逼你。做什麼事情都不覺得奇怪，但有問題我們樂意傾聽。

散沙也不是全部這麼貼心，好笑的是男生組刺青越多，人越貼心。行動力超差，約好去旅行會講到快翻臉最後還是成行，還有人會大言不慚地說：「我的出現就是一種參與。」

散沙很愛聚會，總是找一堆名目聚在一起。慶生會、聖誕節、尾牙、春酒、颱風、失戀、帶女友見面……怎樣都可以相約，四處大鬧。

散沙也常常小聚，二十四小時都會響的群組，有人揪就會出去。

始終沒跟散沙說，從小就孤僻、容易被排斥的我，甚少有這麼大群、每天膩在一起的朋友。雖然有時會參和著朋友群，但每次聚會兩三次，我就會閃避，直到拉開距離再聚，因爲我深信，天下沒有不散的宴席。

可是散沙會讓我覺得沒關係。

我們可以高興時聚在一起，覺得不舒服就暫時離去。

而他們的細膩心思，更讓我感到不可思議。

耍脾氣鬧臉書會有人立刻發現、有人失戀傷心再遠都會去、朋友住院會去探望給驚喜、生氣吵架過幾天就會和氣。

大夥交換荒唐事不會有人爲意，我們也相信彼此會保守秘密。

喝醉時是最吵的客人，談心時又是最溫暖的鼓勵。

散沙幫，在本書出版時還沒滿週年慶，但我們已經喜孜孜的計畫，這年要開著Parton，搭著藥水的量杯慶祝。

至於我們爲什麼成立？

女生組都認爲，畢竟到我們這年紀，要有這麼多單身，或者是對方戀人可忍受大家這樣攪和在一起的人真的太少，你說我們怎麼捨得分離。

散沙幫，我想在這裡跟你們說謝謝，雖然白紙黑字印出來有點矯情。但既然我可以有這福利，小小任性一下，似乎也可以。

阿尼，謝謝妳的義氣大方，當時連對初次見面的我都這麼照顧；我希望妳好好照顧身體不要再想減肥，妳超正的，逞強外表下，可以脆弱沒有關係。

Gia，妳真的是個超有魅力的人，如果妳或我是男生，我絕對會跟妳在一起。我很喜歡跟妳討論很認真的事情，也很愛交換那些奇怪的小知識。

花花，不好意思我沒辦法說妳聰明，但妳真的呆得好可愛，只要妳在我就會很開心。

小諒，你是我見過最貼心的刺青客（咦？），感謝你總是在散沙亂喝之旅隔天最早起來打掃環境；感謝你在大家亂喝之餘卻讓我們覺得安心；保佑你手機永遠不會掉讓我們可怕的照片外流出去。

光頭，我最親愛的弟弟之一，謝謝散沙幫的存在，讓我知道你對我們每個人都這麼關心，希望你不要再老把苦吞在肚子裡，快不快樂我們永遠看在眼底。

獅與肥，你們讓我卡關好久，不知該說什麼……不管界跟自私界的哥倆好，怎麼我記得的都是你們常常讓我生氣、氣你們不懂關心。但沒有啦，我相信，正因你們是我的好朋友，我才不知接什麼，謝謝你們當時找我去澳門旅行，謝謝你們接受我的碎念與兇巴巴，還有陰陽怪氣，並且用最笨拙的方法逗我開心。

我的散沙朋友，認識你們真好，雖然有人會笑說到了三十好幾還成群結黨很幼稚，但那又如何，很慶幸到了這把年紀。我們還有幼稚、團結但不排外的能力。

光光

光光是我的超級好朋友，因爲光光愛面子，所以我們暫時就給他這個暱稱就好了（這暱稱才是毀了他的面子吧）。

他比我小三歲，卻是我的心靈小老師，他在外表現性格成熟穩重，扎實的性格像極了《全面啓動 *Inception*》裡面喬瑟夫高登李維所扮演的規劃人角色。但在所愛面前，卻有著小孩子的一面。

二十幾歲時，我生活很迷惘，光光老講著我懷疑「他真的懂嗎？」的大道理，我不知道他懂不懂，可他比我淡定。常常擔心我活在故事的宇宙裡出不來了，老跟我說：「賀小文，現實跟創作是兩件事，妳要好好過日子！」也常跟我說：「妳不要什麼事情都攬在身上，每個人只有兩隻手，自己都撐不住了，怎可以還撐別人？要把自己顧好。」

我會在心情不好時打給他，去他工作的地方找他聊天。我永遠記得有一年宇宙大失戀，我瘦得像鬼，茶飯不思，跟他坐在雨夜的階梯上大哭，哭完之後他只說：「欸，我的襯衫袖子被妳弄得好髒！」於是我吸了吸哭得紅通通的鼻子，笑了出來。

光光是我最後的單戀，二十幾歲時暗戀他許多年，鼓起勇氣表白失敗。他是我最後的青春期，因爲，只有在學生時代暗戀的學長，才會暗戀失敗後，可以拿出來笑鬧，並且繼續當好朋友吧！

他審核我每任男友，遇到討厭的還會故意讓他吃醋。生氣時不說話，每次罵我看男人眼光不好時，我就會消遣他說：「不會啊！我小時候暗戀過你。」他就會還我個大白眼。

光光是個孤僻的人，擅長傾聽，卻不愛分享心事。即便他媽媽罹癌過世時，他都沒多說什麼。直到當兵退伍後，他才開始學著跟我聊出心底話。不過現在，我們已經是無話不談的好友，打去問他好嗎？是好是壞，都會老實回答。

光光碰上了個好女孩，跟我們一樣愛吆喝、喜歡喝酒、個性開朗，偶爾會爆一下小粗口。我好喜歡好喜歡她。這個女孩她直率到，發現有陣子我沒打給光光，會緊張地問我說：「妳好嗎？妳都沒打電話來訴苦我好緊張，開不開心要讓我們知道啊！」

我就這樣幸運地被這對情侶照顧著，一眨眼，在我認識光光的第八年，他結婚了，變成先生，變成一家之主，有個家了。

光光還是在我前面當大人，就像平常一向會笑我說：「賀小文妳這個呆子！」、「好啦不要哭了，都幾歲了，很醜耶！」

不過光光的老婆私底下告訴我，他雖然老在我們面前堅強，可他私底下超級愛撒嬌、愛哭，跟在大家面前那個鎮定大人樣，完全不同。

他是所有人裡，唯一從不叫我貝莉的人，在他面前，我還是那個曾經寫作很痛苦，寫到他要我別寫了，說人生還有很多選擇。還是那個，看起來很冷靜，卻永遠長不大的幼稚鬼。

光光婚禮時，他跟她太太一起邀我當伴娘。當時我好感動，這代表他的太太也把我當好朋友。而他的女兒，我理所當然是乾媽。

只是，我這不盡責的乾媽，都七個多月了，才跟乾女兒碰面。雖然光光夫妻倆老衝著我「乾媽、乾媽」地叫著；雖然去巴黎時，興致滿滿地買了禮物。不過，僅僅只有在光光婚禮匆匆見了一面，當時還因爲有許多長輩在，不好意思上前玩樂。

小小的女孩兒真的好可愛啊！抓著我的手指，靠在我的身上，當我拉著她晃動著身軀像是翹翹板時，她天真地笑著。當我看著她時，她也好奇地看著我。看著大人們聊天，有時說著嬰兒語像是在對話。有時又像個小霸王，爬啊爬地，急忙地要開始人生的腳步，情緒絲毫也藏不住。

光光當了爸爸後，也改變了生活腳步。以往都在經營的小酒館或者投資的歐式餐廳上班，把重心放在工作上，卻爲了照顧好老婆小孩，決心辭去工作，找了份管理職上班。希望有穩定的生活可以顧及家人有更好的生活品質。

於是，光光的生日我們不會再賭喝，聽到他們去小旅行我覺得太好了。我們也不像以前那樣兩三天就混在一起。漸漸地我也不太跟他講我的感情，怕他擔心，可是光光對我來說，是永久的存在，在我最悲傷的時候，還是會打給他，而他永遠都在。

光光曾說：「我是他最好的女生朋友。」我相信，也確定。因爲光光，也是我最重要的生活要角之一。

乾女兒會長大，我們會變老。每年見面時間也減少，只是有些事情是不變的。日子就是這樣轉眼即逝，彷彿昨日我們還在海邊喝啤酒曬太陽。一眨眼，就開始抱著孩子們嘻嘻笑笑。所謂的未來，再也不是只有自己。

晚熟的大人也想長大，尤其是看見乾女兒的無邪笑容、看著光光再也沒有以前如此陰鬱，帶著滿滿笑容時，想著，真是太好了，我們長大了。

鄰居人妻

人妻鄰居午夜跟另一同志好友來家中天台喝酒，鋪了桌墊，點起蠟燭。人妻笑說我們在紐約。

也沒說什麼，如平常般閒話家常，耍耍嘴皮，我分給她看幾本喜歡的食譜，拿了本書給她。講了些都會男女風花雪月，聊了一下哪裡有美食可以分享。

我坐在另一角開始幫前幾天去建國花市採買的花卉香草植物換盆補土。一邊喝著紅酒，一隻手又帥氣地抓著泥土灑進去，畫面挺好笑的。

微醺的人妻看著我，我說補土有什麼好看？她說，很有意思啊，我好喜歡有天台，也想種東西。我想想說：「我也是，有天我會搬到台北市邊陲吧，種植令人愉悅。」

然後我聊起了開始種植的事情。

剛開始換盆時始終怕手髒，連用有機肥都要用鏟子，如今都是用手抓；初次看見蝸牛的驚訝，到後來可以毫不害怕的放生；初次看到毛毛蟲只敢拿著面紙抓，後來用手直接就拿掉；甚至蹲在地上拔草……

也想起了心情不好時植物隨著我的情緒通通死光光，還有因爲風水師的叮嚀決定放棄種植。

可還是捨不得，就喜歡早上起來看著植物，也喜歡不厭其煩地跟人分享那難生養的草莓，曾經枯死了，我卻固執地繼續澆水，某天它又結果的喜悅。

說著說著，人妻笑了。

我說幹嘛啦，她說：「妳這樣很好，當人把自己照顧好了，就有餘力去做自己喜歡的事情，而妳現在就是這樣。」

她的欣慰讓人感到溫暖，我也覺得，現在的我很好。

相對的，我也覺得她的先生，讓她變得穩定許多。

在我倆都還單身的歲月裡，時常相約喝酒吆喝到天明。我們聯絡多半是對方單身時。失戀哭著喝酒，或工作壓力互相傾訴。我也曾把她當做我的工作假想敵，後來發現，我們其實都有著不同人生目標，只是喜好有些相近。

我很訝異她會嫁個年紀比她輕、寡言、彷彿漠視許多事情的先生。後來才發現她先生性格穩定，老可以包容一切。當她爲了孩子焦慮不已時，先生總是能安定她的情緒，但有時少根筋起來，也讓她哭笑不得。

她與先生最奇妙的是沒有秘密，有陣子我跟她先生合作案子。有時她會給些意見，頓時我才發現他們通話是用擴音，因爲先生懶得再轉述，就一起討論。而我們在她家喝酒時，先生往往是靜靜地聽，有時冷笑我們這些女生大驚小怪，有時累了就早點休息。

我一直在觀察這是什麼樣的感情關係。可有天她講了段有意思的話，那時我困惑地跟她說：「我好怕自己再也沒有心動的能力，以前我總是能一見鍾情，但我好久沒有這樣的情緒。」

她說：「在我遇到我先生之前，也總是覺得愛是該盪氣迴腸，所以老弄得滿身是傷。可跟他在一起，我感覺自己被救贖了。生活變得安定，每日都心懷感激。」

人妻的話讓我想了很久，這生我總是在追求最深、互相牽制的濃烈之愛，可那真的是愛的本意嗎？我想起那一夜夜凌晨來電、她強忍不哭的表情，我想起她在臉書憤恨不堪的日子。

看著她跟先生抬槓，拿著紅酒跟我們暢聊、與我討論家裡附近市場那樣東西好，有什麼食材可以交換時，心想，也許她說的對，最好的愛是心懷感激。

關於這種事，我們永遠都學不會

V跟我說，他奶奶生病了。之前聊天就知道他擔心祖母的身體，也沒多問。只跟他說，好好吃飽、吃飽了才有體力，才有餘力照顧別人。畢竟那時他正在蠟燭兩頭燒的階段。

他說在醫院的日子裡發現護士有多辛苦、他說在陪伴的過程中，他了解了些生命的意義。他擔心父母的身體，他若無其事，他講著講著就哭了。

不過他愛哭，這也沒啥。

身爲個不貼心卻像女生又好強的男子，反應合理。

但我不知道要怎麼安慰V，因爲每開口一句，我就會想起自己的爺爺。想到他過世時，我最後悔的是那天記錯他的生日。我答應要陪他過生日，卻因爲一時忘記、發懶睡覺、加上腳跌傷縫疤，懶得出門。

這一懶，卻是天人永隔。那天到了療養院，直直跪下，讓傷口繃開血直流都不在乎。

我不希望V遇到這種事。卻不知道怎麼說，我不喜歡用恐嚇或者悲傷的事情去提醒別人。於是講著：「欸，陪你奶奶做些無聊的事，就算她時而清醒、時而迷糊，但做些好簡單的事情就好。就像我爺爺過世前我會讀書給他聽、脹氣時揉他的肚子，講好白痴的話，就是這些小小的回憶，長輩，會很開心吧！就像如果我的生命走到最後，一定很想過些很簡單的小日子。」

我不知道V後來有沒有做到。他奶奶過世幾天後，我跟另位好友Claire和他相約，那天我只問了，你有陪你奶奶做些無聊的事嗎？

V沒說，倒是旁人要他別想了；爲什麼不想呢？

我覺得，這樣不好。

V奶奶走後沒幾天，同志好友小黑，突然跟我們說，他媽媽出車禍。小黑的媽媽住在高雄，平日母子倆很愛鬥嘴。

黑一直很擔心他的媽媽，曾經沉溺宗教、談戀愛不順心，往往有些迷糊，一直讓人操心。他常說他媽是黑色喜劇冠軍，偶爾我們還會開玩笑比賽誰家人比較搞笑。

但好突然，他媽媽出車禍的隔天就走了。黑跟我講的時候，我愣了愣，跟另個同志好友丹說，我不知道要講什麼。我平常好會安慰人，但這太突然我不知道。

真的太突然了……疾病死亡還有心理準備、心理因素可以感慨幾句，但意外要接什麼呢？

黑還是盡量表現開心，會問問我們是不是在喝酒啊，忙什麼啊。講著處理母親器官捐贈的事，樂觀的想，至少遺愛人間，幫助很多人。

面對死亡，是要何其勇敢啊！即便死亡隨著年齡增長漸漸在我們身邊發生；可是，每次發生時，都還學不會，該如何自處。

這樣想來「關於這種事，我們學不會。」這話聽到以爲是感情困擾的人，或許是種幸福。

就像有年參加節目錄影，主持人看了我在臉書貼了這句話；在節目上笑說，我老說著不只談論戀愛，卻總是爲情所困。

當時我不想多說什麼，畢竟總不能在談話性節目上糾正主持人說，那話的全文是「關於面對死亡，我們永遠都學不會」當場壞了節目節奏。

可是關於這種事，真的永遠都學不會。

無論是身邊的朋友或者自己面對，幾次下來，你以爲這會是常態，可是每次遇到時，仍舊手足無措。

跟所愛的人分手以及跟所愛的人永別，那樣的情緒略長就知道，差異甚大；分手了還能見面，但永別了，就只能在記憶中相見，還深怕記憶越來越淺。

關於這種事，真的永遠都學不會；不管是自己面對，還是安慰朋友，都很難。

關於這種事，的確永遠都學不會，於是在每次面對離世的課題時，我們都期許能更習得另一些事。

願我迎向生命來臨的朋友們都能夠幸福滿足；願我面對生命逝去的朋友們，都能夠無憾釋懷。

我討厭過父親節

一年三百六十五天，有我喜歡或覺得無聊的節日。但，我討厭父親節。

世上有些人，跟我一樣討厭這天。當然，每個人都有自己的理由。有些人是失去父親、有些人是未曾有過父親，有些人，覺得這樣的父親，不要也罷……

我有我的故事，可也不值得說嘴。說了對彼此沒有好處，不如掛在心底。

不過，千萬別對我說天下無不是的父母。我很感謝父親生下我，可每人都有屬於自己的包袱跟無法繼續的理由。當然也是因爲這樣的立基跟情緒，我寫了《帶不回家》這本小說。畢竟我寫不出所謂完整家庭的模樣。但我知道被愛是什麼樣子，至少我很清楚被媽媽、奶奶、爺爺還有妹妹跟弟弟愛的樣子。

言歸正傳。

在跟父親說清楚了，切割疏離的父親節前天，本來，我以爲我不會在意。不過就下了班，想說轉彎去朋友開的咖啡廳吃個總匯三明治，閒聊個幾句就回家，並無任何飲酒的心情。

怎知走進去就看到我「成名在望馬戲團」的朋友們，幾個已婚、適婚、未婚、不婚的男人，加上我，好久不見，胡亂聊了幾句。又跑到另個人的餐廳去。

「成名在望馬戲團」，是由我跟幾個朋友組成：暴躁的餐廳老闆、固執的咖啡店主、愛瞎扯的精釀啤酒代理商、拿到世界調酒第三名一舉登上CNN旅遊網被喻為亞洲第一的酒保，還有，賺錢賺到無聊啥都要去學的神算。

其中有個朋友曾開玩笑說，老以為自己會變為成名在望樂團，偏偏被人家視為馬戲團，畢竟我們做的事情太夢幻可笑。我也曾為了這件事寫了篇文章。

總之，馬戲團今天碰面了。開頭笑到無法自拔，什麼鬼話都講，後來突然提起精釀啤酒好友要過父親節啦，本來合夥人要讓他休假一天，不過老婆要工作可能無法一起度過時，我一愣。啊，父親節要到了。

夜晚十一點多，鬼使神差地，講了自己的故事。

酒醉的神算說：「就是因為這樣，妳看似開朗，其實不相信會幸福啊！」

又在胡扯的代理商說：「切割沒關係，放下反而可以往前。」

我說：「我在試啊，在試啊！」

站在餐廳門口講瞎話，有點想哭，偏偏又覺得溫暖。我真的不敢跟別人講啊！那種多渴望受到父親疼愛，卻又不得不割捨的感覺。

可誰不想要有個好父親，誰沒想過有個雙親同住老可以黏膩撒嬌的關係。誰只想看著日劇《父親的背影》大哭痛哭想說爲何我永遠都不知道這是什麼感覺。也就是這樣，我才能跟每任男友的爸媽長輩都維持著友好關係，因爲我對那樣要一同克服許多困難的完整家庭，深深感動嚮往。

我也好想有一天，若有小孩，要讓他知道父愛是什麼，因爲我也想知道，我也想看到。

可對不起，我真的不知道。

即便多愛我爺爺，但他真的不是爸爸，沒辦法一起牽手散步、耍賴吵架，知道什麼叫做前世情人的感覺，只有前世翻臉舊情人之感。

所以在這個大家大喊：「爸爸我愛你。」的日子，相信也有許多人跟我一樣迷惘。

也有許多人跟我一樣多年來屢次想要跟父親維持良好關係，最後心上的破洞只是在快癒合時，又被踹爛撕裂，越來越糟。終究只能放棄，最後只能看透。

這時，好慶幸馬戲團的朋友在。至少在那時，聽他們講著我完全聽不懂的球賽，爭論生活觀點，吵著要不要追酒，那刻很快樂。至少，因爲那樣的感動，我重在臉書上ＰＯ著當年寫給馬戲團的文章，國外工作的好友，點起了我們心中的主題曲〈Tiny Dancer〉，表達了他的關心。

然後，雖然無法跟我過世的爺爺說父親節快樂，對生下我的父親並無意思要對他說這句話。可我傳了簡訊給我乾女兒的父親，也是我永遠的好朋友說：「第二年父親節快樂！」我相信，他必定可以用行動告訴我，何謂讓孩子永遠相信幸福並且不怕受傷的父親。

不過，千萬別覺得討厭父親節是痛苦的事，那是因爲我們終究對美好的家庭有憧憬。或者我們羨慕被父親疼愛的感覺，渴望有天能知道這是什麼，才會有如此負面情緒。

希望總有一天，我們都能笑著對所愛之人喊著：「父親節快樂！」當然，那時可能我們都已經爲人父母了，不過，那也挺好的，不是嗎？

chapter

III

終究變成碎念的老太婆

我真的很愛碎念，
並且是越來越愛
在辦公室工作會對著電腦螢幕碎碎念，
早上澆花會跟花講話，
有時候也會自言自語思考今天要做什麼，
旁人都會笑。

是啊！
就這樣變成一個老太婆了，
看社會新聞會哭，
收到工作上的信有顏文字會覺得困擾，
吃飯要有一定規矩，
體重很難下降。

我真的，
變成以前常常被自己嘲笑的那種，
老太婆了……

快樂是最好的保養品

最近發現拍照眼角有笑紋，跟朋友提起。朋友說：「那妳該去醫美報到了！」聽了一驚，回說：「我覺得笑紋很好啊，這是我這年紀該有的樣子吧！」

頓時想起週末外出喝酒，幾位新朋友也聊起醫美。某個女生說覺得山根太低，另位女生就拼命推薦要去哪家打，也說自己該去打肉毒小臉，進場保養之類。

若我沒記錯，她似乎才三十歲，看著她，我有些茫然。

不是說我反對醫美，也試著在廠商邀請下打過雷射，還很猛的因爲臉怕酒精不能上麻藥，忍痛打完。當然朋友讚美我暗沉消失臉亮了。

的確，那讓我看起來狀態很好。只是當時我明明終日喝酒、吃飯不正常，也不運動，精神狀況不佳。

是「撐」起來的假狀態。

接下來朋友又繼續念我，她說她每天早晚各花三十分鐘保養，我至少好好挑保養品。我好沒氣地說：「我臉過敏很嚴重，所以我不能讓臉有太多負擔，我只能用醫美的化妝水、乳液，其他我能免則免。」

然後她問我做臉。我說我不做臉，因爲會過敏，十足美人的她拼命要找我去。我的拒絕都被她認定爲自暴自棄。她甚至好奇我有這麼多達人朋友，難道沒人推薦我好的保養品嗎？

後來，我才跟她說：「我很小就開始愛漂亮，國中就開始除毛、高中就開始使用妙鼻貼，二十出頭就用過 SK2、Sisley、肌膚之鑰、雅詩蘭黛……因爲我愛素顏，二十五歲就加入 Sisley 的做臉課程，還天天敷臉，但小時濫用妙鼻貼造成我的鼻翼皮膚脆弱，太早用高端保養品，我的臉變得很多東西不能用……最後，我只能回到最簡單的保養。」

不是說保養品不好，或許這些東西不適合我，或許我太早就迫切地想要把年齡停留在二十歲。那害怕老化的心情，讓我扭曲，只想著我要漂亮，卻忘記心理健康比較重要。

就像某年失戀，我受夠了感情老是跌撞，認定是臉上那顆哭痣讓我感情不順，跑去點掉。但我點完後，有個朋友頻頻問我爲何點掉？我說：「那痣讓我命不好啊，而且這樣臉不漂亮啊！我想改變我自己！」他說了：「這樣是很好，但總覺得好像妳不見了，我喜歡妳那顆痣，就像妳常抱怨妳鼻翼太寬、手臂太粗，但這就是妳啊！」

他的話嚇了我一跳，因為當下我的目標就是，準備去縮鼻翼、抽手臂，那就是我的完美計畫。

於是，他讓我醒了。我不再繼續點痣，那顆痣，又長了出來，我也不再動念去碰我的任何地方。我也沒因為這樣，就多淒慘，畢竟人難免有美醜時刻，就像生活有高低起伏。

生病，必然醜；忙死，也醜；心情不好，更醜；宿醉嚇人，更別提精神耗弱時照著鏡子會想這人是誰。好戀愛，必定美；運動，氣色紅潤；旅行，連拍照都不用調色，因為心情佳，照鏡子都會笑。

可太偏執地去拚命擁抱美，連醜的自己都不包容。是否等於不接受自己的缺點呢？在不接受缺點的狀況下，是不是變相等於不接受真實的自己，那麼，是否就會不快樂呢？變得跟大家都一樣之後，是不是就忘了本來的自己呢？就像終日追求功成名就之人，最後當了社會的模範生，有了好成就，卻迷失了自己。

過度的調成面目全非複製人很可怕，有些我曾經認為很美的女生，現在看到照片我都要想半天，而且覺得少了她美的特色好可惜。可適當的微調讓自己開心貌美，是好方法。

我身邊也有擅長微調並設定停損點的朋友。根據我的觀察，他們相對是樂於擁抱自身缺點的大師。會耍點任性、發脾氣、熱愛生活、品味好，正面樂觀。他們只是稍稍調整自己，微微變美，老開著要吃電影《捉神弄鬼 *Death Becomes Her*》裡的「活死人藥」玩笑，卻也說著，一輩子艷光四射貌美如花，卻怎樣都死不掉，多可怕。

所以這是我為何說，快樂才是最好的保養品。

到我這年紀，當然會怕老所以盡量吃得健康、逼著自己去運動，也會因為怕老所以保持愉快心境，不想因為生氣搞得自己不開心，所以試圖表達情緒，釋放壓力。畢竟內在不快樂、身體不健康，就算頂級保養品用喝的也沒用。

再者，快樂了，就很多事都不在乎了。沒煩惱，樣貌自然看得出。

至於你問我真的就這樣謝絕醫美嗎？

也不是，只是我覺得時候未到。雷射我無福消受、肉毒我感到害怕，玻尿酸，想不出要弄哪。並且我太害怕過往精神疾病復發時，我對著鏡子認不出我是誰的時刻。

所以我想了些比較無聊的方法。

瑜珈、氣功、種植、下廚、跑步；戒菸、減少喝酒時間、盡量不碰甜的飲料跟食物。我也會在新月許願時說要維持體重、過敏消除，更相信會有讓自己美麗的魔法。而唯一作弊的時刻，便是種睫毛，並且無法自拔。

我希望能不靠整形醫師跟高價保養品決定我的長相，因爲那樣，終究會失去些什麼。讓我晚點，再跟你們打交道吧！若可以，希望永遠不要，或者是，不會貪婪地失去方向。

脾氣

跟朋友聊到現在工作甚少發脾氣。以前老覺得大聲的就贏，卻發現，暴躁成不了事，不如先把事情弄好。就算生氣，也是先把事情做完再說。

當然這不是我生來就會，我以前脾氣可差了，過著旁人老是大呼小叫的童年跟多年來的職場環境都是如此，可碰到現在老闆後，狀況開始不同。

約莫半年前工作遇到蠟燭簡直三頭燒的狀況。當時被夾在中間的我完全不知道該怎麼辦，只好先把所有意見靜下來，一一解決，最後才發了點脾氣。有天在辦公室碎碎念時，同事大笑說：「妳也太晚才爆炸。」我無奈地說：「沒辦法啊，大家都在爆炸，我也一起爆炸那事情怎麼辦？」

另個聽到的朋友則說，要換做是他，當時不是大吵就是撒手不幹。

可我想，我不是這樣的人。世上有很多事情可以放棄，但對於自己喜歡的工作，只要能力所及，都想要做到最後。

再者是，真正當個編輯之後，我才發現以往張牙舞爪地要求我的編輯或者企劃去做我想要的事情，是多麼傷他們這份熱愛工作的心。

「原來妳脾氣這麼好。」或是「這樣真的好嗎？」是聽完我對兇的想法後朋友們的反應。另個朋友傳了篇報導給我，說「兇」在職場上才是好的。男生在職場所得會提升15%，女生會提升到5%，EQ不見得是萬靈丹。

我看了看，思量一會說：「不兇不是軟弱，歇斯底里的兇法也沒用，至於不怒而威，或許要到六十歲才能辦到。」

每個人當然都有脾氣，我小時脾氣更是爛的可以（連傳文章給我看的朋友，孩提時代脾氣也不容小覷），但三十幾年來，學會的不多，只知道，老是在發脾氣的人，會讓別人覺得你的脾氣沒價值。反正你怎樣都發脾氣，我冷處理沒多久就沒事啦！反正你老是在發脾氣，隨便安撫個兩下就好了。或是，你每天都發脾氣，我怎樣幹你都不滿意，那隨便好了。

所以，我覺得兇不是不好，做人也不該沒有原則。不過，如何兇對點，像我老闆那樣，平日溫和，語氣變了，就讓人害怕好好做事，似乎才是表達情緒的正確方法。

或許你們會覺得我老闆脾氣溫和是他要求少，可他平常的確會讓人放手去做，但所要的就一定要辦到。

這更讓我覺得，不兇，跟偶爾讓人感覺到「兇」的重要性。

話說回來，這用在感情也如是，萬事皆通。

真正會發脾氣的人，在生氣時，才不是摔杯摔碗，大吼大叫，甩門走人，因爲那不是真生氣，只是發潑，氣完了就回來了。因爲那，只是在耗損或釋放能量，若真要溝通，這樣，是沒有用的啊。

然後若要離開，其實多半，默默不發一語，不再回頭。因爲都不在乎了，你要他說什麼？因爲這都已經是齣爛戲了，你要他留下來鼓掌之後才離開嗎？

短視

十分喜愛種植，雖然曾經有風水老師來家中說我不適合。可順遂後，還是忍不住找回興趣。

貪吃的我，先從香草植物開始。

迷迭香、百里香、巴西里、芹菜、蘿勒、薄荷……後來加入蔥、茴香、青草、紫蘇等亞洲食材常用到的香草。

種植是有趣的，植物常會讓你聆聽它的聲音。雖然它是無聲的。

種植也很激勵人心，我曾在沮喪時每天無神地灌溉著早已乾枯的草莓，結果某天它竟然重新開花結果。

植物有些也怕黏膩，像蘆薈，明明剖開是滋潤黏膩，但它最討厭過度澆水施肥需要點距離。而玫瑰也是。

初次種玫瑰，陰錯陽差。是訂閱臉書專頁的網友，發現我喜歡逛建國花市，告訴我他在那邊賣玫瑰花，下次送我幾盆。

那時我好奇去了，收了他的禮，也買了兩盆花，怎知就這樣種出興趣，是家中唯一以美貌聞名的植物。

本以爲玫瑰很嬌瞋，需要花許多時間照料，結果玫瑰忌諱多水，玫瑰，是有點像貓的女人，你要給她點距離。

所以家中的玫瑰，有曾經被我發現快枯死，我把樹枝剪剪又重新復活的經歷。後來才發現，很多事情，不是看起來「結束」就無法敗部復活的結局。

有些看起來輕易夭折的東西，跟你想像又不同，有著強大的韌性，有些容易照料的植物，稍微忽視，它也會反抗失去性命。

種植跟採買食材的過程中，我驚覺，在急忙的現代社會中，我們總是只看到片面的答案，變得短視。

有了這想法後，再加上對植物有感情，開始研究如何延續食材的壽命。

後來在網路上發現種菜達人的新聞，用水耕的方法延續高麗菜跟白菜的保存期限。說水耕，其實是以天地爲冰箱，用菜梗延續鮮活，想吃的時候就摘下來，是比冰箱更天然省電的保存方法。

拿了外婆家幫忙打掃的郭媽媽家裡種的高麗菜來實驗，發現鮮脆可口，比放在冰箱更美味。也因爲這樣，想要買有菜梗的高麗菜跟白菜，再次水耕種植，可我走遍市場，就是找不到，最終駐留在一個高山高麗菜的攤子，稍微找到一株小梗。

「可惜啊，這菜很美，我怕吃不完，希望養得活。」
「沒辦法，現在人都不要這個啊，因爲菜梗有重量，要省錢啊！」
「然後吃不完冰起來又不新鮮，或者就爛掉多浪費？」

我付了錢嘆口氣離開。

人們往往求便利而成爲短視，卻忘了原本美好或者可以更長久的事物。

就用蔬果保存來說好了，蔥、蘿蔔，都是用報紙包在陰涼處，馬鈴薯跟薑也是放著通風就好，可大家都丟冰箱省事，以爲冷凍的冰箱就可以保存一切，孰不知連小黃瓜都怕過冰凍傷。

其他葉菜類也各有其保存特性，只是我們總想著袋子丟一丟包進去，就像我們對感情、對家人、對生活。

怕麻煩就不要枝節，懶得管就隨便回答；不想瞭解只求快速。最後，所有的鮮醇美好通通大打折扣，甚至還嫌東西不好。

用蔬果來形容或許很荒唐，但用自然萬物想想世間許多事，是互通的。那些我們往往嫌不要的、怕負擔的，想省事省錢的，都是讓事情更好卻被遺忘的小步驟。那些嫌沉重的小事，其實都是讓萬事延續美好的方法。

或許可以試試看種植，老實說，植物是情緒的鏡子。在跟植物和食材共處的過程中，我發現了，很多事情，往往需要點愛跟關心。而那樣的東西，不見得我們給的，就是它想要的。

很多事情，也不是這麼稍縱即逝，天地之間靠萬物傳遞的答案，有時會比我們一個又一個聽來的故事，更舒心。

一山不能容二虎

相信我，世上最不能有兩個女人共享的，其實是「廚房」。爲了這件事，今天是我近年來，對我媽或者是對任何人最大聲說話的一次，邊說著對不起，卻還是大聲，心裡難過，做出來的菜餚也失了水準。

自從媽搬來跟我住之後，這一年多來，廚房的掌權在她手上。剛開始也樂得輕鬆，只是下廚魂還是會隱隱燃燒，最近……又開始恢復做菜的嗜好。

剛開始幾次我就知道廚房不順手，已經不是我的。但那幾次都是蒸大閘蟹、煮味噌牡蠣鍋這些比較輕鬆的活兒，隱約覺得不便也沒說什麼，只是開開玩笑說：「這廚房我不認得啦！擺在桌上的空紙碗，可以收了或丟了吧！」

但扯到燉湯，就尷尬了！

說到燉湯我毛病最多，就算不用燉高湯，也會用上兩個鍋。

一個是不鏽鋼義大利麵鍋（裡面有個鐵洞內鍋可以拿起來，我用來將排骨汆燙去腥）再來是陶鍋，用來燉湯（而我還有濃湯專用的琺瑯鍋、燉燜東西的鑄鐵鍋，以及煲粥飯的砂鍋……）講到廚房用具，對我來說迷人指數比什麼名牌鞋包都高。

可悲劇來了，我找不到義大利麵鍋汆燙，只好先拿琺瑯鍋代替，工作檯都是東西、流理台又太小，所以當我用冷水沖排骨時，沒辦法先注入冷水到琺瑯鍋裡，我那可愛紅色琺瑯鍋的白色鍋內，就沾惹了肉渣漬怎麼都洗不淨。

故事就這樣開場，也不知是否因爲日蝕搗的蛋。接下來我因爲泡著鍋子洗菜不方便、節奏亂了很卡，湯的靈魂人物乾干貝因保存不當發霉了，米酒跟米找半天，找不到我媽問東西在哪。

做菜其實很科學也很邏輯，是並存冷靜跟理智的，節奏不對，就會對食物沒有愛，食物感受到了，出現的味道就失真，騙不了人。

就這樣一路下來，洗滿是泥濘的蓮藕不知道刷蔬果的菜瓜布是哪個、切蓮藕時發現少了把菜刀，其他都好鈍深怕切到手……炒菜備料慌忙，算錯時間，最後當陶鍋蓋子也裂了個縫，拿起就破掉時，我終於受不了打電話對母親咆嘯說：「請把廚房還給我！我完全不知道怎麼做菜了！」、「對不起我知道這樣很不孝，但是請把廚房還給我，我不會做菜了！」

我訝異自己的歇斯底里，並驚覺爲何常有婆媳爲了廚房吵起來。

廚房，真是一個人的天下。怎麼做才順手、東西放哪裡，節奏是如何，哪些東西是幹嘛，冰箱應該有什麼，自己最清楚。

廚房，有時或許比兩人三角的感情故事還難解，至少，對我這愛下廚偏偏技術不夠精良的女子來說，是這樣的。

情殺

朋友提起最近情殺案很多。去Google了一下，真的不少。雖然大家都在教育每個人怎麼小心情殺、如何避免，但朋友說了個論點我滿同意。她說，報紙上都沸沸揚揚地在講述這些事，有些人看了，心想：「原來殺了人，只要幾年就能出來啦！」

或者受到媒體的刺激，想說這樣大家都可以看到這件事。能夠證明愛情，或者藉此威脅希望不要離開的人，或許有用。

當然，不能都推給媒體說是媒體的錯，拿起刀砍下去的是「恐怖情人」，可讓「恐怖情人」想到有這機會的，新聞是否該負點責任呢？

美劇《美國恐怖故事》第一季有一集引用了「黑色大理花」的故事。說懷著明星夢的女孩被殺死了，因爲手法太離奇噁心，上遍各大報。時間換到了現在，也有一個懷抱明星夢的男生被殺死了，於是那個大理花女子的幽魂就跟他說，不然你叫其他人把你分屍，你也可以變成紅人喔。

結果如何？當然，那明星夢男孩上了報紙，他心滿意足了。

真是諷刺變態，但不知恐怖情人們，是否也是這樣來證明他所謂的愛。
這是傷人的恐怖情人，還有種是用凌虐自己不讓你離開的，這也是某種「情殺」，但他殺的是自己，虐的是你的靈魂。

有些人，知道無助、受傷、失控，就可以被矚目。所以爲了喚得所愛之人的關愛，就會裝無助。你或許會說，拜託這是連續劇的女二或者是電視裡的小三才會出現的劇情，不，現實生活真的有。
利用那一點點喜歡的餘溫，喝醉胡鬧求你救他回家，心情不好恍神大哭，三不五時就有問題。就連我十幾歲交往的初戀男友，每次跟我吵架時，都會用「摔車」爲理由，想把局勢轉化成對他的同情。

但這樣有用嗎？
不管你是用刀威脅對方想要殺了他一起遠去。
還是你精神上凌虐他，利用他的罪惡感讓他不離開你。
這樣到底有什麼用？
殺了他，又如何？
做鬼，他都不會跟你在一起，搞不好還會在你面前手牽著手跟其他鬼飄過去，而且更不怕你了。

你知道爲什麼嗎？因爲，你也殺不死他了。

殺了自己，然後呢？

做鬼，你只能看著他跟別人在一起，氣個半死又無能爲力；若他內疚一輩子，這樣，你忍心嗎？

若忍心冷笑，這真的是愛嗎？賠上自己生命要跟所愛之人天人永隔，多奇怪。

情殺，無論是殺人者還是自殺者；往往是在絕望中追求的燦爛。希望對方看看自己，希望對方永遠記得自己，希望大家看到他的呼喊。

只是那樣的燦爛，並非什麼煙花之歌。

是抽取靈魂，再也無法幸福的，冥歌。

姐

從小我就容易被叫姐。

畢竟我是長女。無論在媽媽親戚那、還是爸爸親戚那，我都是第一個小孩。爸爸後來再婚生了幾位弟妹，我就是永遠的姐姐。

十幾歲剛出來玩時，有陣子暱稱是「妹妹」。大家都這樣叫我，可一眨眼那稱謂早已不在，旁邊還有兩個弟弟，老叫我姐。那時，我也不以爲意，反正從小我就被叫大姐叫不停。

在誠品網路書店上班時，因爲個性太嗆，很愛跟其他部門的人吵起來，當時我們又覺得自己角色卑微，所以我們這些三流小員工，常常愛開玩笑叫對方姐。「逼逼姐」、「小西姐」、「小瓜姐」、「貝莉姐」這只是我們幾個菜鳥，拿來消遣的話。某次被交好的展演中心同事聽到跟著起鬨，於是這玩笑名，也跟著我到現在。有時遇到他們，還是這樣大喊我。

但真正對「姐」這字眼開始彆扭，是在女性網站上班、有陣子上些電視通告時，開始有工作人員叫我「貝莉姐」。

「貝莉姐」
初次聽到我立刻跟對方說：「拜託不要這樣叫我，我不習慣。」
畢竟大家都是一線工作人員，我也非什麼指揮主管。
所以我盡量避免，因為一旦用到「姐」字，通常都有敬意，自覺輩份淺。

譬如以前我總叫水瓶鯨魚，魚姐。
原因無它，她是我工作上的前輩。第一份與出版企劃相關的工作，是她給我機會，也學會很多。

前陣子擔任她新書的編輯，某晚她突然問我，有真切感覺自己是過了三十五歲的人嗎？
認識我十五年，她看著我幼稚、沒責任感、想耍賴，讓她愛又恨，到如今，突然變成個大人了。

我想了想說：「心境上我可能才二十七八歲，畢竟我比較晚熟。但妳有發現，現在我就不會叫妳魚姐了嗎？」
「妳有這樣叫過我？」記性向來不好的她，仍舊忘記。
「有啊。」我說：「畢竟妳以前是我主管嘛！可我突然發現我們距離好近，年齡的長短還是一樣，但我也不能再耍賴地認爲周遭都是哥啊姐的，是個凡事可以依靠別人的人，或許，反之，叫我『姐』的人變多了。」

「貝莉姐嗎？」

她問，我笑而不答。

兩人閒扯了陣，這時我才知道她並不喜歡被叫「姐」，後來才強迫自己接受「魚姐」只是一個名詞，她不是誰的「姐」，因爲年齡的變化，加上每個人都這麼叫，她也只能釋懷。

和她一樣，我也是從反抗，到接受。雖然的確也變成個姐，但不安、惶恐、深怕失敗沒有少過。

當了姐，世界沒有什麼改變啊！這稱呼就像被朋友們說「老妹」，被喝酒的好友們譏笑我是「咖」，因爲到哪店家都認識，常常被招待。但當「姐」，老實說，並不會多什麼江湖地位。

就像我是家中大姐，可我那新婚的大妹、剛畢業的小妹跟大弟，性格都比我穩重成熟多了。更別說外婆家的表弟跟表妹早就結婚生子。

但被喊「姐」，也許是種提醒。要有點耐性、不能太愛亂發脾氣，當別人問意見時不可以亂給。但那真的不是成熟的標誌。

至少我的成熟，不是這樣開始。

可問我究竟何時開始成熟？

答案竟不是愛了什麼人，也不是做了多了不起的工作。而是——從面對與家庭的關係開始。

那天後，凡事就不太一樣了。

老太婆減肥

能夠把這兩字拋諸腦後的女子，不是天生尤物，就是萬分豁達。從國中開始，我跟減肥就沒分手過。

記得國小六年級體重是三十九公斤、身高一百六十公分，當年我可能是現今的蔡依林。可時間慢慢過去，我的身高還是一百六十公分，我的體重直直上升，少女時期的四十三到四十五，二十五歲跟三十歲時不注意的五十六公斤。每次失戀的四十六公斤，到近年好不容易恢復羞恥心的四十八到五十公斤。

一百六十公分，超過三十五歲的女子，每次看見略顯豐腴的上半身，只能自嘲是亞洲版史嘉莉喬韓森（自以爲）。

不過對於體重，再怎麼豁達，也不可能全然不在意。那五十六公斤的年代，第一次是沒注意到青春的變化，畢竟我從小就是可以吃兩個便當的大胃王，忽略新陳代謝的變化；第二次是爲愛而肥，沒辦法，當時的男朋友喜歡我胖。

但跟那男人分手之後，再者有次我朋友驚訝我爲何變成中年婦女，從小到大就算再胖都穿最小號褲子的我，竟然堂堂邁向M號。這時，我才決定要減肥，終於恢復現在的模樣。

而從國中開始的減肥史，試了各式各樣的東西。不吃中餐減肥法、吃蘋果減肥法、藍色去油膩小藥丸、檸檬水減肥法、七日瘦身湯、每日攝取不超過七百卡熱量、5:2輕斷食、針灸減肥法……各式各樣的方法都試過，當然也有成功，也有死減不下來復胖的窘境。但，飢餓真的太難受了；肚子餓心情很差，肚子餓看什麼都不順眼；而失戀時的瘦更別說，就是乾枯毫無光彩。

後來朋友建議我開始看營養書。於是邱錦伶老師的《擇食》系列；賴宇凡老師的《要瘦就瘦，要健康就健康》系列，搭配抗性澱粉。我綜合出自己所喜歡的方法，改善了飲食習慣，攝取好的油、澱粉、蛋白質跟脂肪以及好的膽固醇。

我爲了維持喝酒，戒了一些東西。（沒辦法我天生酒鬼，之前編詩集，看到女詩人李清照嗜酒，曾寫了數首詩描繪飲酒後，想要登船採月，走路搖搖晃晃的情境，都覺得心神嚮往，好想好好跟她大喝一場。）

甜的飲料不喝、蛋糕不吃、炸的少碰、速食店不吃、便利商店食物盡量不碰……過度精緻的東西，盡量遠離。

有陣子更連全脂肪的東西都不碰，後來才發現，所謂低脂、零卡，都加了更多替代品，反而更糟，於是寧可攝取食物原本所供給的能量。

對，到我這年紀，維持身體健康，比看起來纖瘦重要。也常開玩笑說，畢竟不知何時會生，有沒有機會生，看來我要先好好保養我的卵子，那首要的確是養身勝過瘦身。

沒想到堅持此一要點，盡量自個兒下廚後，我反而瘦了。雖然偶有外食，但只要稍微控制，過兩天就會恢復體重，就算覺得體重沒變，朋友也說我體型變了。去臉書問了邱老師擇食社團的朋友們，才知道，原來是內臟組織變得比較健康、肝脂肪降低，看起來就瘦。

也因爲這樣，家裡隨時擺著台十合一體重計，每天醒來都量著體脂肪、肌肉、水份、肝脂肪……

別笑，絕對不是只有我這樣，我身邊，很多人都是如此。

也因如此，每次在臉書看到二十幾歲的朋友減肥下廚煮飯，健康的喝著雞湯配青菜少量澱粉。有人留言說這根本不是減肥是營養時，就很想搖醒她的朋友說餓死不是減肥是自虐。減少分量、攝取充分營養（有肉有菜有一點澱粉），自己下廚吃想吃的東西，而非搞成人間煉獄，才是最好並且改善飲食習慣不復胖的減肥方法好嗎？

每次看到年輕朋友餓得前胸貼後背，吃著減肥藥心悸失眠，搭配安眠藥入眠時，就好想哄騙他們吃東西。

很瘦，你們都很瘦了，老太婆我減肥了二十多年，才發現，真正快樂的瘦身方法，不是餓死自己，更不是大喊我要瘦，一整天不吃，然後吃個蛋糕。

說到這，我真覺得自己是老太婆了。因爲這些話，在我當年減肥時，我奶奶都對我說過。

過期的小腹

不得不承認，有些事情如果不夠認真，是會過保存期限的。譬如說，我的小腹。

眨巴眼三十三歲之前，它還是個只要體重維持在四十八公斤就不會出現的東西。不是說我有多愛運動，畢竟我的運動不是氣功就是很輕鬆的瑜珈，連跑步最多就是兩週或者一個月一次。

但三十幾歲，就是個不努力身材會走樣的東西。青春殘酷的流逝，照著鏡子，就算容顏未曾大幅改變，可身形卻會告訴一切，光陰就會留著印記在身上。

就算心智年齡不怎麼成熟，身體還是會告訴你：「嘿，你該長大囉！就算你可能活到九十歲，人生才過了差不多三分之一，但你還是該長大囉！」

這樣想想，不免有點慌張。長大了就不能當懶女孩，長大了就要想辦法維持，長大了，或許就不能無所事事。

但，我還是喜歡睡好久的覺、一整天不出門，就賴著媽媽煮的飯菜覺得好好吃，工作越忙越愛煮一大桌的菜吃光光，躺在沙發上曬肚皮看電視。甚至沒有十幾歲時那麼愛穿高跟鞋，老是化著全套的妝，想要趕緊變成熟。只想永遠當個小孩子，抱著獨自去京都旅行買回來的「熊麻吉」睡覺，沒事會衝過去追著貓撒嬌，再也不喜歡講著一些很難、又故作聰明的話，只想講些單純又開心的蠢話。也不願意爲了瘦不吃美食、吃得無聊，只爲了要當紙片人。

原來長大了，跟小時候，是相反的。原來以前拼命想長大，現在卻覺得還是單純的好。可是，長大有些事就是會被迫改變。就像我朋友說，小時候她總是勇敢示愛，現在長大了，卻完全退縮，連話都說不好。我說：「那麼我一定還是很幼稚，遇到超喜歡的人，還是會很勇敢。」

不過，長大了，或許也代表相遇會變少了，所以勇敢可以實踐的機會也變少了。長大了，也代表著保存期限越來越短，因爲對戀愛越來越務實，所以不適合就立刻丟棄。因爲青春慢慢流逝，雖然脾氣變好，卻也對很多事沒耐性。或者對很多事覺得自在就好，無需勉強，誠如我的小腹。

你呢？你長大了嗎？有多少東西開始慢慢過期？
是否成爲，因爲不完美，所以才更顯完美的大人？
如果還沒有，請好好珍惜你的小時候，那個愛穿高跟鞋，偷媽媽化妝品來化妝出去玩的年代。那時裝大人的我們，是以後再也遇不到的小時候。

chapter

IV

就算不完美

小時候，我痛恨自己的不完美，
字寫得醜、被同學說唱歌像技安。
說話低沉、手臂粗、容易緊張……

大了些，開始期待遇到某些人讓我完美，
或者遇到某些完美的人，顯得自己不太差。

然後發現了，
沒有完美的人，兩個人在一起，也不見得會完美。
只是，日子會變得不一樣，或許是完整了些……

但在遇到那個人之前，
要先接受不完美的自己。
而非什麼把自己調整好之後，就有那個一百分的人了。

因為，
我們接受不完美的自己，並不代表我們是不及格的，
這終究是兩件事。
因為，
有時候遇到兩人加在一起只有九十九分的人，
剩下那一分，更是隨時有可能的「更好」。

就算不完美，我們還是可以相愛啊

過年時買了 apple TV 之後才開始看韓國偶像劇。以前經紀人小珮姐知道我想寫電視／電影劇本，當時大力推薦我看韓劇《祕密花園》那時叛逆的我，就是不想看我口中的「女性A片」（會有這形容詞是因爲每次去學校演講，我總開玩笑說：「女生可以看韓劇，男生當然可以看A片啊！」）。

總之，在低潮時我打開電視，看了初次韓劇《主君的太陽》，接下來一發不可收拾把該看的都看了。韓劇很浪漫、不切實際，多講點現實的，收視率就低，像講電視台幕後工作人員的《他們的世界》（不過這我也沒看完，自從男主角得了個什麼怪病之後，我就翻白眼不看了）。

當然這些泡泡糖的夢想很開心，可截至目前，我最喜歡近期在看的《沒關係，是愛情啊！》。

曾看了一則報導訪問《沒關係，是愛情啊！》幕後工作人員，他們說，這部戲是應該要拍出來的，因爲韓國人不願意正視心病，所以自殺人數很高，他們覺得心病是丟臉不堪的，再者是韓國雖然在二次大戰前就有精神疾病的研究，但大戰後卻有一段時間都斷層，即便現在有許多精神診療中心，願意去的人卻少。

讀到這，應該很多人想快轉翻頁，畢竟我是在講愛情偶像劇，爲何嚴肅了起來。可我想說，這正是我如此喜歡這部片的原因。因爲，那樣的不完美，充滿了希望。

十五年反反覆覆跟躁鬱症對抗的人生裡，有好有壞。前幾天跟出版社的總編和社長在聊天，她們好奇地問起我這十五年的生活。我說，有好的時候、也有壞的，戀愛時多半幸福順遂健康愉快，不過有時真的太快樂了，快樂到有點自大，快樂到有點慌張，一轉身好像就站在懸崖要掉下去了。而這麼多年，只有初次發病那年的男朋友最能夠照顧我。他很辛苦，在經歷母親過世後，還要陪著企圖放棄生命的我。但當時沒有他，可能我不知道會跑去哪了，這是歲月之神給我的福氣。

大了點，二十五歲時，也有一票朋友會掛在即時通上陪我聊天，注意我的精神狀況，就這樣斷斷續續到了現在。現在，當然有遇到些衝擊，可至少能夠好好面對。當有人好奇地問我說：「躁症發作到底是什麼感覺啊？」我還會惡作劇地說：「很開心的感覺喔，跟嗑藥一樣！」

可這也是後話了，我曾有好長一段時間自卑地想，像我這樣的女生，誰要跟我談戀愛，誰要跟我過一輩子，誰能接受發病的我。因爲那些說會留下支持的，看到我失序時，都嚇到了。曾經我有怨懟過，後來發現，我總容易喜歡上細膩的男孩，他們會被我影響，或者，他們未曾想過會是這樣。

然後某天我被救贖了，當我再度說著：「如果我這麼容易被疾病擊倒，沒有藥就開始恐慌，完全不知道會不會下一秒又像之前那無法受控的我想要離開這世界，我該怎麼辦？誰要跟這樣的我在一起？」對方說：「可是妳現在，不就好好的在這裡嗎？那麼，妳的擔憂都不成立啊！」

是啊，我在這，我沒事，有什麼好害怕呢？

不管是有心還是隨口，那句話下了小小咒語，是希望。

接著，我又看到了《沒關係，是愛情啊！》更會心一笑。

妹妹的朋友們天真地問我說：「姐姐有這麼帥的男作家嗎？」我認真地說：「電視上很帥，現實生活中，怪癖才多吧！」也有許多朋友說女主角那拗脾氣看了真令人生氣。還有難忘再婚前夫的精神科主任，看起來溫順卻感覺有秘密的男主角媽媽、缺乏愛所以利用別人的少女……

對，整部片的人都是瘋子啊！那些瘋癲程度，超過以往我看的韓日偶像喜劇，每一集發生的精神疾病案例也讓我發現，啊，原來有這麼多人是這樣，那些讓我從好討厭、極力想擺脫，後來慢慢開始喜歡，想說不管是遺傳還是真有癥結無法解開的心理病，你想留著，就先留吧！

看著電視裡的人，每天都努力地活著。大聲吵架、用力歡笑，盡力的哭，想要找到方法面對悲傷，連那像定時炸彈的哥哥，都只是想要愛而已。

看著他們，因爲想要被愛，因爲愛上一個人，努力慢慢地與人相處，了解，就覺得，對啊，不完美又怎樣？曾經無法控制又如何？

至少正在努力當個不歇斯底里的人，去學習著直率地表達想法，大方地讓人了解弱點啊！

所以，就算你常覺得自己孤僻、憂鬱、膽小、不漂亮……還是可以相信會有人愛上你這個怪胎。不過，也不是一開始就百分百的真我，總是會表現出可愛的一面不是嗎？

所以，就算你覺得怎麼會喜歡上這種王八蛋、討厭鬼、豬八戒……他應該是有什麼地方，讓你心跳加速，或甜甜一笑。

那麼，就別再在意自己是怪胎，因爲再怎麼奇怪，大家還是能夠相愛啊！即便我們不是超美精神科醫師，也不是超帥暢銷作家，還是可以擁抱自己的怪，好好去愛。

散步是件正經事

小米有篇文章曾提到她很喜歡散步，或者是說「兩人一起」的事情，因爲這個時候，例如：騎腳踏車或者是慢跑。因爲這時候沒人會滑手機，沒人會看電視，只有並肩而行，就會專注地聊天。

想想她講得沒錯。

昨日飲酒，結束時散步回家，朋友陪我走一段。其實我走路是著名的快，快到曾經有個朋友說我三更半夜這樣競走是深怕有仇家找上嗎?害我大笑不已什麼都不好意思說。沒辦法，走路對我來說是種運動，只要開始走了，就忍不住加緊腳步，朋友又損我說，但我獨自在外地旅行時，那模樣豈不是很好笑?

總之，我就跟朋友開始散步了，入冬的台北天氣挺舒爽，凌晨的氣溫大約十幾度左右，朋友跟得上我的腳步，走著走著，他開始問起我的病情。說來好玩，跟朋友相識也兩三年有餘，平常都是大家相約飲酒，或者是野餐，一群人嘻嘻鬧鬧地，沒想過要講幾句正經話。或者是在每個人拿著手機滑著臉書、打著電動，偶爾吆喝起來喝個幾杯 Shot，然後大家失憶了、回家了，隔天開始重複想著記憶拼圖。所以，我們從來沒正經地聊過天。

「我的病啊，是遺傳啊，情緒會很不穩定，時高時低，很兩極化，以前看醫生時，醫生曾經斷定是我青少年時期不乖濫用藥物才會變成這樣，看了好多醫生才發現這是遺傳。」朋友問起這原因是在小酒館看見我的空藥殼，知道我每天早晚都吃藥有些驚訝。

「可是很多人都是這樣啊，我也會情緒高低起伏，脾氣誇張，我媽小時候還怕我會因此做出什麼壞事，男生愛上的格鬥課是怎麼都不讓我去。」

「不過不會尋死吧！」

「也是啦！」他認同我的想法，卻也希望我能夠把病情看得自然些。

而我沒說的是，這些事情，我已經漸漸習慣並且釋懷很多，光醫生宣布我開始減藥時，我已經快樂地想撒花了。

然後他開始講他的童年，那些所謂的脾氣不好，還有工作上的事情，這時我才在想，啊，原來這個人是這樣啊！

我們在很多情況下交了朋友，大家總是會聊天，卻都是很片面的在交流。在吵雜的地方要講起工作、家人、生活，根本是不可能的。但在沒有手機，只有並肩往前走時，反而真的可以多認識對方。老是被我笑木訥的朋友，也是有自己的人生想法，老是被我說太溫和讓大家恣意地對他兇巴巴的朋友，原來只是不想要再像小時候一樣亂發脾氣。

你有多久沒跟朋友散步了呢?當我們總是拿著手機滑來滑去,甚至要開始玩起把手機一起放置在某地,誰先碰手機誰就要罰的那個年代時,可能很久,我們都是透過文字跟臉書的心情分享,而沒有用口語,去好好地了解一個人了。

你有多久沒有,透過通訊軟體,去跟一個人培養感情呢?不再是透過臉書跟 Line、Whatsapp,好好的吃頓飯、通個長電話、坐在公園談心,好好的散步……當愛情越來越即時,跟朋友聯絡越來越便利,總是塡滿了表情符號時。我突然發現,我只想看到你,真正的表情。

Fix You

羅賓威廉斯自殺過世新聞出來那天，那時剛吃了鎮定劑 Xanax，有點癡呆，想起了他在扮小丑醫生《心靈點滴 *Patch Adams*》的模樣，完全不知道情緒該怎麼反應。只能說，我明白如此痛苦想要離開的感受，只能說，他家人最後給他的愛跟支持還是很感人，他一定都知道。只是有時，知道跟做到是兩回事。

前日偏才發生點事，去藥局拿處方籤藥，陰錯陽差藥今天才有，我慌了，非常非常恐慌。多年來都要吃控制躁症藥物「樂命達 *Lamictal*」的我，從來沒停過，甚至從去年八月進了一趟急診室後，更是必須早晚都要吃一顆。想不出包裡有什麼，只能先拿應急的 Xanax 壓一下情緒，但去朋友家吃飯聊天，突然感到不行。

不是鬱症來襲，是躁症來了。誇張的用字、大膽的說法、不耐的語氣，狂傲的態度……也許旁人會覺得有趣，但我知道躁症來了。瞬間我停了下來，覺得很糟，我不知道這一夜會怎樣。我告訴她，我討厭自己這樣，但不知道怎麼獨自面對。於是逃離了宴席，去找她。

「沒吃藥的感覺是什麼啊？」、「躁症跟鬱症的感覺又是怎麼樣？」、「那 A 跟 B

他們兩人的症狀是什麼？」逃跑過去的我，開始講述那些差別，盡我所能的。

「我討厭失去控制，譬如剛剛。」

「可人生本來就總是失去控制。」她不以爲然。

「但我很害怕啊！」我說：「雖然醫生跟我一直在試圖減藥，現在狀況也漸漸轉好，但我現在還是會想：『1.爲什麼我就不能沒有藥？2.如果我今天晚上發病怎麼辦？3.我動不動就這樣，誰會要跟我這種人在一起？』」

「沒事，妳現在不是在這，沒事的啊！如果什麼事都沒有發生，那三點通通不會成立。」

然後我靜了下來，然後，我們開始交換著屬於自己的故事。那些有些沉重，那些屢屢提起心中都會想落淚，卻不見得願意跟人分享的事。

然後我安心地睡了，就這樣過了一夜，即便在早晨時還是因爲沒吃藥而焦躁不安，但她還是說著那句：「深呼吸，沒事了。」

我很慶幸，還有能讓自己沒事的能力。

我很慶幸，這天，有妳在我旁邊，跟我交換著許多故事。

那個灑脫的女孩

想著好久沒聽搖滾樂，於是在朋友放歌時去跳跳舞，怎知，來了幾個男孩女孩。談起了「戀愛」這檔事。

女孩說她很怕受傷，只願意跟六十分的人在一起。她很怕黏、很怕被管，她可以接受男友跟其他女人上床，只要不被她發現。她很能忍，她永遠可以不吵不鬧。她……容易喜歡上不夠喜歡她的人，她，覺得失戀受的傷，應該馬上要好，超過一個月，都太多。

獅子座男生，全都沒仔細聽，只畫了個重點大聲說好：「接受可以跟其他女人上床，相信性愛分離的女生好啊！」

我翻了個白眼說：「哪裡好？」接下來定定地看著女生說：「妳沒真正愛過吧！」

她看了我回說：「或許吧！」

我嘆了嘆：「戀愛最美好的地方就在於『蠢』，會心跳、在乎、嫉妒……」

她問我是瘋妞嗎？

我說是啊！

她問我喜歡自由嗎？
我說，我愛透了，也不愛別人管我。
她說，既然這樣，男人怎麼愛妳？妳真的不改變自己嗎？
我說，如果我打定主意要去喜歡一個人，我會讓他看到，別人看不見的樣子，這有點複雜，但我暫時答不出來。

今日跟好友研究了很久，才有了個答案是——「自由和包容」。
保存了你我之間的自由，包容了彼此的討厭而溫柔。

女孩啊，只要愛，就是會在意！
只要是愛，就會小小甘願被管，卻又想要保持原本的自己。會想對對方好、會撒嬌、會偶爾逞強，會理解對方最可愛跟最討厭的地方，會包容他，甚至他撒點謊時，都會微笑讓自己好好過下去。

失戀的時候好痛苦，不知何時會結束；相愛的時候覺得這是世界上最美好的地方，希望永遠留在這。
那樣情緒高低起伏，是戀愛的價值，在這要勇敢受傷又再站起來之後，慢慢地知道怎麼把愛融入生活中。那些剛烈的稜角消失了，那些壓抑的苦處懂得釋放了，那麼剩下的不是得到與得不到，而是究竟可以一同度過多少歡笑淚水的歲月。

女孩啊，
真正的愛是不會灑脫的。
最可怕的，就是假灑脫。
那太悲傷了。

我們在河濱，看夜景談愛情

人生，或許還是應該兩極共存，才能磨合出真正平衡的中間值。

與老友晚飯，大家都在討論著婚事、房事、孕事，還有曾經喝醉瞎鬧的往事。我在那邊聽著、笑著，卻有種很陌生遙遠的感覺。老友們沒大我幾歲，認識十幾年了，大家都到了另個階段，而我，卻還是留在這個，講著幾個爛約會笑話跟喝酒趣聞的留級生。

這時朋友傳訊來說要不要去河濱，想想天熱，但有微風，離我用餐地點也近，挺好的，就去赴約了。

籃球場上年輕男孩們赤裸著上半身交戰著，有些人騎著腳踏車，有些人在慢跑。

我跟朋友並沒有坐在草地上，我們像老頭似地，找了張桌子，放上白酒跟水，坐在凳子上，聊天，只差沒有下棋了。

三十七歲與三十五歲，人生充滿困惑，感情失敗，又想改變自己的單身男女。檢討起爲何會變成這樣。

一個是總是要花好多好多年戀愛，在分手後才打開心房發現多愛對方，總是徒留遺憾的人；另個天生覺得感情有壞事很正常，過度幸福彷彿覺得會被咬似地，非要搞得天翻地覆分手收場後，還想著「我就知道是這樣啊，永遠都沒人接受真正的我！」

然後我們聊起原生家庭。他講到小時候爸爸帶他出去旅行，回家後說：「我走囉」，他默默地點頭，奶奶看他一臉不開心問他怎麼了？他說：「我好想拔拔喔」奶奶問，那你打電話跟他說啊，他說他不要。

小男孩把感情藏起來，就這樣藏了三十幾年。總是喜歡用言語傷害來武裝自己。總是瘋狂地做了很多別人覺得很瞎的事情，直到有天停下來開始想著「我怎麼會變成這樣」，不希望再這樣了。為了不要讓自己在家裡想太多，他持續著跑步、去朋友店裡打工，因為不想每天喝醉，他的好友在他每天凌晨打工結束後，陪著他在河濱聊天直到他想睡。就這樣，他慢慢地戒了瘋狂喝酒，他想要治癒好那不健康的自己，至少，此刻是這樣希望的。

我講起了小時候父親總是在喝醉時打電話告訴我他有多愛我。但他照顧我的時間少的可憐，所以長大我永遠不相信甜蜜的情話跟所有的承諾。遇到男友偷吃時，憤怒永遠超過傷心，因為習慣了感情就是會發生這種意外。傷心時有人示好，就會逃過去療傷，因此錯過真正愛的人。還有，總是想要自己去爭取感情，但是，卻常不清楚這是否是自己想要的。於是決定單身一陣子，可有陣子，對生活是毫無感知的。起床、上班、吃飯、喝酒、回家，輪迴的日子過了好久，沒有傷心難過，沒有臉紅心跳。直到最近開始對生活又有感觸了，發現感知回來的瞬間，感動到簡直想哭。

他說他的願望是以後要好好溝通打開自己，他希望前女友可以回來，我說放手吧，她現在很快樂，有機會，會相逢。

我說我的願望是當個想逃卻不逃跑的人，至少，可以好好的談幾年的戀愛，不是半年八個月就分手，不是分分合合才能超過兩年。

兩人想要更多說時，另個朋友來了，真心想要講感情問題，那笨蛋卻老是被我們罵。又是個在感情上犯賤的人。談了八年戀愛都不跟朋友連絡，單身以後好害怕寂寞，每次喝醉都想牽女生的手，真的有女生喜歡他他又覺得不要。老是等著，等著那不喜歡他的人，等著一個寂寞的希望。

後來，又來個女孩，是從來沒談過戀愛的人，問朋友那她有暗戀過人嗎?朋友說不知道，我也不想多問。

只想著，我們這幾個三十多歲的人在幹嘛啊！這個城市已經分成兩組了嗎？就像社會組跟自然組一樣。三十幾歲的感情世界，也分爲成人組跟幼稚組。

幼稚組有還想玩不想定下來，周旋在女生之中，玩著危險遊戲，不知何時會被大家看透，他已經從那個專情的男人，有著墮落的黑色羽翼。也有覺得越大找對象越難，所以老是過著「一夜台北」的遊戲，但其實，被我看透想定下來的人。

還有我們這種，知道自己有病，卻又害怕，終究無法改變自己，卻又渴望著，趕緊追上大家的腳步，好好做個大人。

不過這些都只是推搪之詞，我們說穿了，就是很想離開孤單的人。無論是不想定下來的、認定找不到對象的、想要改變自己的，我們只是，看起來很好，卻又想要有個伴的單身男女們。

想逃與不想逃

跟朋友聊起自己是個想逃跑的人。或許正因爲太想逃跑，所以很多事情都無法定下來。感情如此、家庭如此、婚姻如此、是否要當個母親也如是。逃了三十幾年，如今只有工作比較穩定。

朋友說，她也隨時想逃啊。即便有多年婚姻，夫妻恩愛。但時常都會有想逃的心情，只是她不知道要逃去哪。但那樣的心境，無論多幸福快樂都會有的。

「不，我是真正想逃。」我說：「小時候想搬出家裡，我不到七天就離開了。」

「那準備要逃跑的中間呢？」另一朋友問。

「去朋友家，並且不只一次，離家出走對我來說，是常態。」

總之，我就會找到個落腳之處，我就是要立刻離開我不想待的地方。兩位朋友則是說，當下真的想不出要逃去哪。但對我而言是，哪都可以逃。

以前覺得這樣很好，可現在想，或許應該是像他們這樣，保持「偶爾想逃」的心，但最終還是留下。

「我就這樣逃啊逃的，就已經三十五了！」說著說著我笑了。

「天啊，妳三十五了！」多年朋友驚訝地看著我，然後說起自己的年齡也笑了。

日子每天在過，就像我一路跑來，有時勇往直前，有時迷路停下，一回首，只是已經到了這當口，還是找不出個所以然。

就像某日我在印刷廠看印，跟老闆的孫子玩起來時，離開時業務問我說：「妳很喜歡小孩喔！」我說：「對啊。」業務問我：「那怎麼不自己生一個呢？」「我……我不知道耶……玩別人小孩很開心，自己生，總覺得怕怕的……」見我一臉尷尬，業務笑說：「這是妳還年輕，所以還沒想通啦！我每天回家看見那兩個小孩雖然討厭，卻又很開心。」

「我也不年輕啦，我三十五歲了！」業務驚訝地看著我，說他壓根以為我是二十八、三十左右的女生。

上車時，開始思量這事——

我的確想過要結婚生小孩，但在將近三十五年的歲月裡，這件事可能只占了兩三年左右，更多時是徘徊不定。

比起很多女生，她們從小就發願要結婚有個家庭，我是十足十的逃兵。在想要有個家，跟渴望自由中擺盪著。

雖該是大人的年齡，卻還像個小孩。喜歡戀愛的感覺，比喜歡有個家的感覺更強烈。

最近在追的日劇《續・倒數第二次戀愛》中女主角小泉今日子曾說（大略台詞）：「以爲自己快五十歲懂的事情就很多，但後來發現還差的遠呢！」當時男主角中井貫一曾回：「還差的遠，其實是件好事。」

或許，即便生命的盡頭越來越接近，可有時維持著那種「還差的遠」「還不知該怎麼下決定」「到底該怎麼辦才好啊」那種有點幼稚，卻就是不會有答案的想法，似乎沒什麼不好。

這也讓我想到昨日爲了劇本大綱結局困擾時跟編劇老師抱怨著：「思考劇本的結局好煩啊，人生一直在走，卻不會立刻想到結局想來也是好事！」

劇本老師這時說了：「可人生的每刻，都比劇本來得毫無準備跟精采。」

是啊，敬我那總是充滿困擾，但想來卻挺精采的人生。

那麼，今年的願望，就定爲：「成爲一個想逃，但卻不會真正逃跑的人吧！」

你會原諒他嗎？

「天啊，她好可憐喔！」

日本員工旅遊的第四天，已婚同事拿著 iPad 哀號了一聲，好奇問怎麼了？原來是以往以青春氣息走紅的女星，她的導演老公，被拍到與二十幾歲的小藝人偷吃的新聞。聽到時我也很驚訝，我挺喜歡那女生，以前還常在KTV唱著她的幾首輕快歌曲。

她的先生被大罵為世紀大賤男、第三者當然也被罵翻了，連女星的父親都出來說話不能忍受女兒被欺負。

這時，大家都在等著她會怎麼回答。

然後，她與先生發了聯合聲明稿說著：「十二年的感情，不是三言兩語說清，也不是能夠輕易放棄。」她，原諒了她的先生。

網路上對於這樣的結局有著不同意見，有人表示贊同，大老婆就是要讓小三沒得得逞：有人說，何苦要原諒偷吃的男人，一個男人若愛妳，才不會做出對不起妳的事情。

偏偏又有網友拍到女星被氣到生病掛急診，先生在急診室滑手機的畫面，輿論，撻伐得更嚴重了。

如果我是女星，我會怎麼做？思量半天，怎麼打不定主意，始終沒有好答案。

於是我問了朋友，朋友私底下是第三者，但她的答案卻是會原諒。我好奇問為什麼，她說：「如果是我，一方面是公眾人物，二方面是真的放不下吧！妳看當初某男星豔照門中已經當媽媽的那位女藝人，她先生不也原諒她，保護她嗎？這麼硬的狀態對方都可以接受了，現在只是劈腿，為何這位影后不能接受？」

我說：「我想以前的我不會接受吧，現在真的不懂了。」

婚姻是條漫長的路，局外人講得理直氣壯，說不要、就不要，就像談戀愛時，一點點錯誤就會放手。有時候會後悔，有時候會迷路，不知道自己真正適合什麼。局內人，才知道箇中甘苦。

我有對夫妻朋友，多年前先生曾經有婚外情，老婆怒不可揭，打去對方公司要她閃遠點，否則會毀了她，可是跟先生卻沒分手，之後還生了兩個孩子。當時我完全不能理解，私底下跟朋友討論了好多次，只覺得那女生知道自己要的是什麼，所以再怎麼吵，婚姻還是繼續下去。而先生，某方面也是倚賴老婆，於是這些年來，賺了不少錢的他們，漸漸減少手邊工作，開始面對家庭。有天我問先生當年為什麼要這樣，他說他只是忙著賺錢，好像什麼都有，卻又什麼都沒有，於是想要一點刺激。

爛答案。

我知道，現在必定很多人對著文章這樣吼著。

也許這是個爛答案吧，但夫妻倆過了難關之後，眼看著兩個小孩都上小學了。他們有著不能觸碰的過去，卻也有著最了解彼此的關係。

這時我又想到另位不老玉女，多年前她的「才子」男友被拍到跟個大陸年輕女生劈腿，當時大家也以爲他們會分手，沒想到幾週後，兩人卻去登記結婚。這些年來，有關男人缺錢女人因此復出賺錢的新聞不少，可他們日子，還是繼續過著。

也想起我同學，如今與丈夫鶼鰈情深，當年剛交往時，先生可是心猿意馬，同時跟好幾個女生約會，最後定了下來，卻成爲最好的丈夫跟爸爸。

這樣一來，愛真的沒有標準答案。

什麼事情可原諒、什麼事情不可原諒，每個人都有心中的那把尺。

此時的我，若有戀愛，對方愛上別人，或者肉體及精神上的背叛我都無法原諒，很難跨越那個溝。
可若與某人相戀十幾或二十幾載，共同經過許多低潮起伏、生命喜樂，也許，真的很難放手。

說要斷就斷的你們，談過十幾年的戀愛或婚姻生活嗎？
而那些在一起十幾二十年的你們，若遇到這樣的狀況，會怎麼辦呢？

當愛情已經混雜了感情、親情，少了點激情。那在尋求刺激時可否原諒？
當生命中你確定的唯一，做出背叛的事情，你能修補這樣的關係嗎？

我只能說，不要輕易地下定論。
這些事情，要慢慢地仔細地想清楚。
而旁人，切莫給偏激的意見。

戀愛可說放就放，可永恆的家與愛情，雖然不能勉強，卻有許多，需要思量的地方。
人生沒有黑跟白，而大了些更明白，愛情也是。
我們都是，充滿缺陷的人，碰到某個人之後，成爲更好，或者可愛的人。
我們都是，渴望找到可以包容彼此缺點，一起共度難關的那個人。

所以，不要太快的反駁。
很多事情，並非只有要跟不要。
而是需要一點，不聽他人左右，靠自己決定內心答案的空間。

戀愛裡的幽閉空間恐懼症

去上鄧惠文醫師的廣播，突然聊到一個故事。鄧醫師有位女性朋友事業有成、條件良好，不過跟男朋友在一起之後，生活中只有男友。不跟朋友聯絡、不跟家人相處，除了工作就是男友。但男友還是維持正常的生活，會陪家人吃飯、跟兄弟或者老朋友們聚會。女生朋友不甘心，說著：「我爲你犧牲這麼多，爲什麼你都不改變。」我聽到了臉當場僵掉，覺得這樣，好可怕。

下節目之後，鄧醫師問我說，是否談戀愛還會跟男性朋友出去，我說：「會啊！跟朋友們見面的次數的確會變少，但生活不可能只有男友啊，這樣我會得戀愛的幽閉空間恐懼症。」

戀愛的幽閉空間恐懼症，對我來說，就是戀愛時，真的只剩下「兩人世界」。除了工作以外，世界再也沒有別人，在那狹隘的空間裡，只有彼此。

某些人或許喜愛這樣的戀愛感覺。可我總覺得，談戀愛真的不能只有彼此。當然會因此少了些「活動」，把生活比重調整。可是只剩下彼此，那真的是好的嘛？

尤其是說出「犧牲」這樣的話語時，總讓人覺得壓力好大。

除了你我什麼都不要，跟犧牲這兩者，真的，好沈重。

別讓愛情陷入「幽閉空間」吧！畢竟這不是電影《金枝玉葉》裡，袁詠儀跟張國榮，突然一起被關到停電的電梯裡。張國榮大喊著他怕黑，袁詠儀立刻拿出藏在身上的螢光棒，打開了安慰張國榮，還對他跳著「麥當娜約了麥當雄到麥當道的麥當勞吃麥皮燉當歸」搞笑有趣。

戀愛，是可以兩個人，但不是永遠只有兩個人。我們還有夢想、有朋友、家人、工作。當然，有時你的夢想，或許就是那個你所愛的人。可夢想也並不是全部啊！那樣的愛，久了會可怕，愛情，要找到永遠的幸福，首先就要各自有個圓，又可以彼此化成一個大圓。

但我要先說，這並不代表完美，因爲我們，都是不完美，都會有可愛跟討厭的時候，只是遇到了對方，更喜歡自己了。只是遇到了對方，覺得世界更完整了。

生死與共，甘苦相陪

李國修過世那天，我獨自坐在候診室等著每三個月一次的複診，那時看到作家朋友阿飛貼了一段李國修的話說：「我的一生，除了戲劇，就只有王月了。」說來正巧，那時我正想起了電影《愛情藥不藥 *Love & Other Drugs*》裡，男主角陪著女主角去參加帕金森氏症分享會時，有個男人說：「如果我是你，我現在就會放棄離開。」

我想到了生死與共、甘苦相陪這事。

有時我在醫院會看到老伴相依看診或者散步的畫面，這些畫面固然感人，但人們往往忽略了那是經歷了多少浪漫、可愛、不捨、爭執、直言、包容、體諒、相互鼓勵的感情累積下來才有的結果。

以前，我老記得那個在我發病期奄奄一息，渴望迎向死亡時，用不捨眼神，照顧我的男孩。甚至有時會怨後來相戀的人不夠勇敢迎向我的瘋狂失序，陪伴我走過受創的時期，或者在我發病時，可以不理會我的所有瘋狂跟難聽的話，只是牽起我的手，給我一個擁抱，或者什麼都不說，帶我去看醫生。能夠深刻明瞭，那不是真正的我，只要我定時，早上、晚上、睡前，像是精準測量好的，讓藥物進了我的胃，透過血脈理智我的心，我還是那個我，那個可愛的我。

但現在想想，男孩認識我時，我才二十歲，對生命充滿熱誠跟好奇，真正病魔上身時，我們已經一同經歷了許多。所以他才有勇氣跟能力陪伴我度過那段日子，直到我們必須分離。

我們常急於要對方給予付出什麼，甚至跟過去的戀情比較些什麼，卻忘了所有的扶持跟信任，是需要累積的。

的確，有時會付出些感情，在渴望相陪時，受到自私無情地回絕黯然離去。但那些生死與共，甘苦相陪的人，在開始，是有著漸漸毫無保留的愛，所打下的根基。

當我們在羨慕永遠時，當我們羨慕那些可以共患難生死的愛時，也許該想想，我們是否太早就要求對方要這樣對我們。那些生死與共，都是用生命與記憶，還有彼此不鬆手的感情，漸漸刻畫而成，用背後多少甜蜜與苦，堆積成一個叫做永恆的故事。

chapter

V

愛就像俄羅斯方塊

遠居上海的好友，
半夜跟弟弟聊愛情，
弟弟勸姐姐趕緊找到適合的人，
頓時說了句：
「愛情就跟俄羅斯方塊一樣，
最後你還是得移動到屬於你的地方，
不然你只會累積越來越多的自己。」

聽聞時我笑了，
唉呦，
在一次次失敗的約會跟相遇中，
我們到底堆疊了多高？
少了多少條命？

你要相信永久

跟好友聊天，咱們兩個女生幾乎每天都抓時間用臉書即時通天南地北扯不停。除了睡覺時間，有時連約會都在聊。

她在網路上寫了部她喜歡的電影即將在影展播放，我問她，要不要找前幾天大夥去露營時認識的約會男，我記得他們倆喜歡同一個導演？

「不要，我不想要跟他繼續了。」

「爲什麼？」

「我查了他的星盤，不適合。」

「這什麼歪理啦！」

的確，三十幾歲的女人，交往毛病都特多。不，不要說女人，男人也是。我有一堆朋友行交往之實不給予交往之名。終日在酒醉時上演戀愛遊戲，卻怎麼也不交往。每次我問他們爲什麼，很多人都說，希望找到真正的伴侶，所以這些只是嘗試對象，並且少了往前衝的勇氣。

也有一些朋友還沒開始就結束，有時是說話語氣、聲音，一部重要的電影對方沒看過，或者是表現的不夠大器……

這些條件都被我芳齡二十幾的帥哥網球教練跟助教嗤之以鼻，他們說：「你們這些姐姐，好挑剔。」

是啊，姐姐們很挑剔，但這次連我都覺得不可思議。

「是不夠喜歡，約會無感，才有這麼多挑剔的理由吧！」

「也不是，我真的覺得星盤很怪異，再者是我不想有期待感。」

好友的話，讓我驚訝，畢竟戀愛中「期待感」不是必須的嗎？我細問為什麼，她說有期待就會失望，不喜歡被情緒影響工作。她不相信永遠，她不相信有天長地久的感情。這幾年因為工作的關係看到一堆人在偷吃，雖表面和平婚姻和樂，背後卻都有許多故事。甚至常在職場上遇到已婚人士追求，她剛開始覺得很煩，後來卻開始想，難不成這是最簡單的方法。

「妳會這樣，是因為初戀偷吃的關係嗎？」我問。

「多少吧，初戀偷吃，讓我不相信永遠。」

她的話讓我反思，我相信永遠嗎？

雖然大家問我，我都說我想結婚。因為生小孩，我想結婚，可是自己除了遠距離戀愛跟某段分分合合的戀情，各佔了四年及兩年多，其他都不持久。

爾後困惑地跟人妻朋友討論，想找出解決方法。戀愛十幾年的她問我爲什麼會如此。想了想後說：「嗯，我太習慣一個人了，所以有時會不耐煩。」從小就常獨自在家的我，有了長時間相處就會慌張，不知該怎麼辦的毛病。

人妻朋友聽了回答：「所以家裡要夠大啊，還有人要自己處理自己的不耐，哪有情侶夫妻會時時刻刻都看得順眼啊？」

聽了點點頭，又想：「還有，或許我不相信永久吧！」雖罵好友離譜，跟她說我想相信愛情。但事實上父母很早就分手，之後他們與那些叔叔阿姨的戀愛或婚姻關係雖然都有幾年時間，可時間沒有個好案例讓我看到如何相處，我不會，也怕，只要有問題就想逃，或者是想先放手。年輕時瀟脫，走了就走了，大了些，不知是成熟，還真捨不得放手，有後悔的時候，卻也遲了。

這樣並不健康，而且，這樣子，並沒辦法勇敢有個好好的家啊！

這樣子，讓我想起說不相信永久的好友，她也是身處與母親相伴的單親家庭，更與父親十幾年沒有聯絡。

人妻朋友聽了之後說：「妳要相信永久，談戀愛時，千萬不要覺得靠山山倒，靠自己最好，不願意把重量輕巧地交付給對方，兩人一同分享，最後就只有自己，那樣不好。」

她的話讓我想了好久。

我該相信永久嗎？做朋友都不見得可以永遠，但即便吵吵鬧鬧也是有和好的一天，只是沒這麼親暱。工作似乎開始做得很久，以往工作無法超過兩年、唯有寫作十餘年來不放棄的我，也在出版社工作快三年。

可是若我不相信永久，我要怎麼去爲人母，去相信很多事情能夠克服。所以，我是否該相信「信任拋接」這件事，當我倒下去，會有人把我牢牢抓住。不是老像刺蝟，覺得被攻擊，就要用諷刺擊回。感覺對方傷害我，就要用惡毒的話回應。

於是我對自己說。

下次，我會試著好好把重量輕巧地放在他人身上，有時多些，有時少些，重點是，要相信對方不管怎樣，都會把我接好，他靠過來時，我也是一樣。

我也想告訴我的好友說，不要放棄期待的心啊；千萬別覺得，靠自己，或者愛自己，最好。

她就是愛逞強

跟男性好友聊天，提到最近約會的女生，我也見過幾次，在他們相遇之前聊過幾次天。

對女生的印象普通，對她凡事不在乎的模樣時常覺得不解。妳明明就是在乎的人爲何要裝灑脫？幾次下來，就略閃避，畢竟該說的話都說完了，接下來還要看她不知是真心沒發現還是愛面子的灑脫，感到疲累。

可朋友今天說了句話，讓我感到很溫暖，我並沒跟男生說我對女生的觀察，但他卻說了：「她就是愛逞強啊，覺得很多事情她都可以計畫好要怎麼樣，卻會受傷。」

那刻，我覺得女生真幸福；傻女孩，妳真的遇到懂妳的人啦！

愛情裡，有幾種幸福，我最喜歡的一種就是——那可以看透你脆弱地方並理解。這比只看得見你的優點並欣賞，還美麗許多。

可是，女孩最後並沒接受我的男性好友。她說了很多理由，其中一個是好友愛喝酒，以及他工作時間跟她不同。好友是做酒吧業，的確比較晚下班。加上又兼做一些設計工作，確實忙碌。但好友並非壞人，我甚至覺得他比女孩之前心心念念約會的對象，體貼、細心。

但女孩還是拒絕了好友，好友也灑脫，很快碰見了另個可愛女孩。那個曾被逞強女孩說「太愛喝酒」的好友，後來根本甚少出來了。

逞強女孩還是在許多夜裡在酒吧流盪，臉書常常看得到她一週喝許多天酒。她漸漸的從討喜的小酒館新鮮人，變成女生不喜歡、男生覺得瞎的妹。我也突然驚覺，一年前我認識她，的確覺得她可愛，但現在都刻意保持距離。

女孩，還是跟她在碰見好友之前約會的男生糾纏不清。男生曖昧的態度讓她益發痛苦，她從假扮只是在玩愛情遊戲，漸漸承認她愛上該男。只是男人就是不跟她在一起，即便擁抱親吻牽手，一起回家，他們就是沒有在交往，傻女孩不是男人要的類型。

就這樣過了陣，某個週一，跟一起上網球課的朋友興起飲酒念頭，前進小酒館時，碰到了這倔強女孩。

我看著她，有種漠落孤寂。

她身旁跟著個讓人不是很舒服的男子，聽說是陪她從另間店一起來找朋友。她神色不快樂，當我聽著搖滾樂嬉鬧跳舞時，她也沒辦法同以前一樣，跟我一起露出燦爛表情。

「妳快樂嗎？」幾杯黃湯下肚，忍不住問她。

「今天當然不開心啊！」她以爲我是在講她下午在臉書上張貼的衝動怒罵訊息。

「我是說，妳這陣子快樂嗎？工作不順心、朋友誤會妳、感情也不如意……」

話沒說完，女孩一直試圖打斷，我繼續說著：「妳別忙著回答我，妳先聽我說，回去好好想想……爲什麼妳總是要拼命討人歡心？妳真的知道自己要什麼嗎？」

她一愣，看著我，很難得、很誠實的說：「我不知道，我不知道我要什麼，我也不知道要幹嘛！」

「那妳好好聽自己的聲音，冷靜下來。妳的感情、生活、家庭，妳想做個什麼樣的人。這是妳的人生，妳要替自己負責，不是別人。妳也不需要跟我講妳的感情或其他問題跟故事，不需要辯解，要說給自己聽。」

逞強的女孩沒說什麼，倒是最後，抱著自己曾經因故吵架的好友哭了。

我在想，我是否有逞強過呢？

看著她我突然想起，她其實，是某個時期的自己。

To be a better man

光光婚禮那天，擔任伴娘的我，一直被眾好友笑說是穿女裝的「伴郎」，一字排開在那些清瘦年輕女孩們身旁，我的確是個壯姐。光光當天還貼心地安排他那真心比他帥的弟弟牽著我進場（但光光其實已經很帥了），進場時大家嬉笑鼓掌，才入桌就立刻喝開。畢竟我們數年酒友，婚禮當場男方跟女方賓客中間像是摩西分隔的紅海。

男方這邊從桌頭喝到桌尾，女方那則是內斂小敬酒。
男方這邊搞到餐廳要趕人了還在喝，女方那早早就打包拿喜糖。
雖說如此荒唐，隔天我們數位好友還去光光工作的店裡拼湊記憶拼圖。
但對我來說，卻是十分溫馨，也是我參加過最喜歡的婚禮。

那場婚禮，平日交好的或認識多年的朋友都出現了。在各大議員致詞跟婚禮歌手的演出中，大家喝酒聊天，好不快活。正當大家要發動如同尾牙廝殺的狠勁時。在換第二套衣服上場時，婚禮主持人突然說：「新郎欠新娘一個求婚，所以新郎決定唱首歌給她聽。」

音樂一下，女生都激動了，歌曲是羅比威廉斯的〈Better Man〉，光光一直是個低調又愛面子的人，可是碰到新娘後，他完全成爲另個人。老被說不浪漫的他，唱著歌進場，瞬間我們這票熟識他的女性朋友們，都紅了眼眶。老笑他不浪漫的新娘也被感動了。

平日會耍浪漫的男人很好，但偶一爲之的浪漫也更令人驚訝。當他唱著「to be a better man」我們都心想，你已經夠好了，雖然在心愛的人面前，總是不修飾自己的性格，想說要誠實比較重要，雖然你工作忙到，都沒辦法時常陪自己的老婆孩子，但你還是用全部地愛去愛著她們。

然後我們看著他單膝下跪，對自己的妻子說：「我真的虧欠妳很多很多……」新娘哭了，新郎紅了眼眶，台下的女孩們也感動落淚了。

光光到了人生的另一堂課，他碰到了一個女人，想要當更好的男人。他不知道該怎麼做，於是唱了出來。總是溫柔的他，用他的方法，觸動了許多女人的心。

其實女人時常要的不是很多，男人的真心我們都懂，也許大家都不夠好，也許你們常惹我們生氣，會讓人想放棄，會讓人跟朋友抱怨吐苦水。但若有天遇到註定相愛的那個人時，也許時常在想的不是你沒替我做到什麼，或者你要改些什麼，而是腦海裡都會傻呼呼地想，或者感謝，遇到了你讓我想要「To be a better man/woman」。

這時我更確信，或許好的戀愛，真的是「心懷感激」。

她跟她的好朋友結婚了

也三十好幾了，參加婚禮已經見怪不怪，算是見過不少場面。去的不少，沒去的也挺多，對於我這個如果結婚只想登記不想辦喜宴的人來說，就是一個聚會或同學會。

忘了誰曾說，二十幾歲的婚禮是時間到了，三十幾歲的婚禮終究是珍惜與你相遇，所以三十幾歲的婚禮往往比較感人。

也許這是哪個熟男熟女講出的鼓勵話，但的確這幾年參加的婚禮，時常讓我淚腺發達。

昨天的婚禮也是個滿場飛的場合，朋友們互相暢快聊天，與些老朋友們久別重逢。但這些都小事，反而讓我意外地是，當新郎新娘一同進場時，我哭了。

也算老江湖了，怎麼會哭呢？因爲我想起，新郎初次發現自己喜歡上十幾年好友的新娘時，都快三十歲的他，卻像個大男孩很害羞地說：「我暗戀上一個女生。」然後馬上被我識破。我想起了他用辛苦的積蓄，買了個大鑽戒給女生，因爲他說人生只有一次。也想起了有次他們大吵架，女生們去唱歌，大家哭成一團罵男生爲何要惹女生生氣，他們在我們眼中是多棒的情侶。

但在他們成爲超棒情侶之前，男生愛玩，有陣子朋友都對他感到頭疼跟失望，個性衝、工作也是不上不下，感覺老是在花錢跟喝醉還有旁邊繞著鶯鶯燕燕。女生談了幾場戀愛，有冒險的、共許未來的、只要在一起就好的，起起伏伏。看對眼幾次，看走眼幾次，愛上了就衝動，完全投入，一個就算失戀也哭不出來，硬裝堅強的女生。

他們以前總是說，兩個人是哥們，就算睡在一張床上也不會怎樣，他們有幾年真的是這樣。

可是有一天，當最好的男生朋友愛上自己了；當自己愛上最好的女生朋友了，世界開始不一樣了。

他們也會擔心、也會不安，要面對的問題好多。

舊戀人們怎麼看待呢？

有些約過會的男女，還是彼此以前的朋友呢！

玩世不恭的大男孩，要怎麼說服大家，他可以照顧這位，很多人都擔心他未來的女孩，不是說說玩玩而已。

然後發現，當一個人真愛對方時，旁人就是會感受到，以前貪玩的男孩變了，雖然嘴巴還是壞，但心態卻不會不老實。

他的生活會替未來想，我簡直無法跟二十幾歲時那個，工作態度隨性到令人頭疼，老是喝到大清早的「瞎鬼」放在一起。

她的眼淚也漸漸消失了，接踵而來的是一個個驚喜、一個個神祕小禮、一趟趟旅行。

是啊！愛一個人會想讓他快樂，愛一個人會讓自己更好，這些真的不是無稽之談。

我看到的就是，這麼多年的好友，有天他們各自成長到一個階段時他們相戀了，攜手度過了許多困難，學會了什麼是愛跟責任，未來還有更多艱難的路。

如今，他們手牽手走向紅毯。當燈打著他們進場，女孩漾出幸福的微笑時，我哭了。

生活不是教科書，不到最後一刻，誰知道幸福是什麼模樣。愛情也不是光把識大體、冷靜、理智放在心底就好。

說直白點，那幾年男人遇到的女人，識大體、冷靜、理智的也不少，女人在戀愛中，所扮演的「好角色」更沒少過，但他們依舊傷害人、或者被傷害。

直到自己，用最真實的模樣，跟對方相戀。

十幾年了，我還記得男孩當時荒唐的模樣，我還記得女孩當年失戀時要哭哭不出來的模樣。

可是如今，我只看見他們幸福的笑容。

如此熟悉彼此的兩個人，可以度過風風雨雨，一起成長，甚至走到永遠，是比許多事情都難得可貴。

他們不管遇到什麼困難，都攜手共度，雖然在那場婚禮上，有好幾對，曾經都跟他們一樣有著「永遠」的夢想，最後無法走到最後，而成爲好友，或者暫時無法相互往來的陌生人。

多數人在愛情上難免會跌撞，然後在幾次摔倒後，會有個人好好地扶持著彼此，牽著手，哪都不分開。

Mick & Arisa，你們讓我們發現燈火闌珊處的浪漫，有時候我們以爲幸福很遠，其實很近很近。有時候我們以爲幸福很難維持，卻忘了只要堅定下去，永遠都不會太難。

如今在你們的臉書，都是那可愛的胖小子跟你們攜手共度，你們，已經從當時那終日宿醉的男孩跟時常暗自哭泣的女孩，成爲懂得吃喝玩樂度假，卻又負責任，體貼孩子的爸爸媽媽了。

兇巴巴的女生

兇巴巴的女生，不是天生就想凶的。她也想穿著蓬裙，喜歡粉紅色、蕾絲，梳著公主頭，只是，她有必須強悍的理由。

兇巴巴的女生，不是故意男孩子氣。她也想哭，想要有好多芭比娃娃，或是永遠撒嬌，卻不知道怎麼辦到。

兇巴巴的女生，會有這麼大的防護罩，是因為有必須保護的對象，可能是家人、可能是自己。當她認定脆弱無法幫助自己時，只好武裝起來。

於是兇巴巴的女生不會哭，她只敢在看著電影、電視、新聞，甚至書，或者一個小小風景，任何與自己無關的事情大哭，當她為了那些事情哭泣時，她不知道，其實是心在哭。

兇巴巴的女生，並非是忘了當女生的權利。當她在學生時代剪著短髮，百褶裙下藏著短褲，曬得黝黑，跑得比誰都快，對男生大呼小叫時，只是因為不想要受傷。

然後兇巴巴的女生長大了，開始戀愛了。

她發現暗戀的學長永遠把自己當哥們，她發現跟她表白的多半是比自己懦弱的男生，不，應該說，是她太凶了，她渴望更有男性魅力的人照顧她，可那些人，卻想要拯救小公主。於是，兇巴巴的女生，惱羞成怒更強悍了。

時光飛逝，離開校園，工作了幾年後，兇巴巴的女生終於發現，這樣並不好。若繼續這樣，她只會失去更多。她知道這樣在職場對她而言更不好，大呼小叫不但沒有幫助，反而還會受了許多暗箭之傷。

於是她開始化妝、打扮，訓練語氣柔和。

幸好學生時期像個男孩，身形自然維持得好，短褲合身剪裁難不倒她，只是穿起高跟鞋容易東倒西歪，只是化了妝總忘了要補妝。

兇巴巴的女生，其實有很溫柔的心。只是她羞於讓人知道。於是她總扯著嗓子去關心她在意的事，想要用豪氣的態度表達關心。

有了個漂亮外表，卻還是被當成哥們。

終於，兇巴巴的女生戀愛了。她發現在愛裡可以有從未有的嬌羞撒嬌，那是何等美好。但她發現，卻無法割捨那些在「兇巴巴」時代認識的哥們朋友，於是她困惑了，生命爲何要有選擇題啊，爲何不能在外爽朗，回家就當你唯一的溫柔呢？

但似乎不行，或者是她不懂該怎麼面面俱到。

她失戀了幾次，從不敢哭假裝很好，到開始學會大哭示弱。

結果身旁的哥們緊張了，以後戀愛，都要先跳出來幫她審核，這時她才發現，啊，原來我也是個女孩啊！她會又哭又笑的想：「你們這些臭王八蛋，原來都知道我的脆弱跟膽小啊！」

兇巴巴的女生很容易聽到別人的戀愛困擾，因爲她會帥氣地給對方擁抱，她會隨傳隨到，會用自己的方式表達溫暖，讓朋友永遠感受得到。只是這種粗糙的方式，只有身邊的朋友才知道。只是這種粗糙的方式，若被當朋友，就是朋友了。因爲兇巴巴的女生，爲了怕被拒絕，即便遇到喜歡的男生，表現的方法也只是凶，不會裝傻，也不會可憐無助。當她開口求助時，真的是她最無助的時候。所以，她總被人認爲，就算一個人被丟到西伯利亞、被丟到亞馬遜叢林裡，都可以活得很好。總被人以爲，心是銅牆鐵壁，怎樣都可以很好。

可是兇巴巴的女生，並非討厭當女人。
她們在強悍的外表下，內心都藏著個小女孩。
當你勸她不要這麼男孩子氣時，她或許會對你說：「沒辦法我就是這樣啊！」
但她並不會強辯說：「這樣的我就好。」
她知道這樣不好，只是……她需要一個方法，找出可以放心坦率做自己的方法。
兇巴巴看起來是最直接的性格，其實，是最拙劣的脆弱僞裝了。

感情判官

不知道爲什麼，現在怎麼這麼多感情導師？

甚至好多人會被冠上「神回答」，彷彿流行用一句話，就當感情判官。

可我始終覺得感情的事情很複雜，所以才要用一生去尋找解答。有的人難關少、有的人難關長，但都有一題量身打造的申論題，能不能解開，沒說得準，而真正能解答的也只有自己。

因此，我始終堅信，沒有人可以當感情判官。最多，我們可以當個好的傾聽者，當對方有疑惑時反問，讓他去反思；或者分享些自己的故事，讓對方感受。

而且，每每看到有人用「正義」二分法來談論愛情時，就覺頭疼。

誠如某天在小酒館，朋友新婚妻子喝醉，不知爲何先生跟她聊到「小三」，妻子突然大罵：「那女的這麼糟糕，誰要跟她講話，什麼東西！」原因不大明白，似乎是長輩的外遇扶正或者是公司主管之類的，總之，是必須要有禮貌的場合。

先生試圖要解釋有時候要接受，太太很強悍，他只好轉移話題。我當下很想對他妻子說：「除非妳是當事人，或者他的親密好友或者家人，妳沒資格這樣對那位『小三』，畢竟，他有自己的故事或其他人的面子要顧，至少要尊重別人。」可卻又不想起紛爭，只好噎住。

就在聽聞那段差點擦槍走火的夫妻意見相左隔天，就看到報紙說某神回答男子，說起小三扶正不過就是接棒黃臉婆還有觸犯法律，反正絕對不會幸福。簡單幾句，問者故事淺、答者回覆短，不知該下什麼評論，只覺得，太過以偏概全。

之後看到網路上開始有些反對聲浪，還有人說如果小三扶正一定不幸福，那布萊德彼特跟安潔莉娜裘莉是怎樣？看到這答案讓我噗嗤一笑，是啊，世上沒有標準答案。

關於愛，我們可以不接受一些事，但不能輕率地亂下妄語，特別是對陌生人。真正扯到愛，即便不堪，也都是珍貴的，因爲，愛是很重要的養分，可以讓我們變得更美好，當然不小心，也可能在崩壞的邊緣徘徊。

痛罵有時只是讓旁觀者看了大呼過癮，卻不見得能「打醒」來信者。就像辛辣文章人人看好，看似下了漂亮文案，可對被攻擊的人往往是二度傷害。

我相信解答愛情者往往熱情，絕非刻意譁眾取寵、渴求版面。

但太過嚴苛、用黑白來當審官太過輕看那千年來多少人努力找都沒有公式可解，又令人渴求的答案。

二十幾歲這樣大無謂的攻擊、直言是坦率；到了三四十歲還是這麼堅定在「道德」「倫理」覺得理性就可以解決愛情困擾，或許是某種感情潔癖的放大。

這樣，或許能解釋爲何男神現在還未婚卻能堅定大聲地給出「解答」；也不知道他是否曾經傷害過人，那些被他傷害過的人，看他這樣說時，會怎麼想？他的臉書專頁裡，除了判官式的神回答，也有給予許多溫暖鼓勵。私揣測他的愛情觀裡，應該是有個烏托邦，才無法體諒黑暗有瑕疵的那端。

相較之下，有另一派，是愛過度悲觀冷眼，更是讓人絕望。

那種自詡愛情通透達人之者，有些是失婚或者失戀，或者是被自己亂七八糟的三角、四角關係搞得人生一團亂之後，就開始恨愛情、罵愛情，把所有的美好都當成汙穢。告訴別人感情的真相就是這樣啦，別傻了。

或許我天真，但看到這樣的文章，真的會發脾氣。好想搖著對方的肩膀說：「你不尊重愛情，愛情就不會尊重你。即便要玩性愛遊戲，也是有禮貌規範，沒高潮就別貪圖那種擁抱。分不清就別玩床伴遊戲，動了感情就說對方糟糕。」

憎恨愛情的人，就不要書寫愛情。

至少我是試著要相信愛情，對愛情充滿疑問，才書寫了十多年的感情故事。而在那些書寫的過程中，從憤恨別人叫我兩性作家，到現在笑著承認說：「是啊，某部分的我，是在書寫愛情，因爲我在進行『愛情研究』。」

喜歡看兩性文章的人，多半是想從文章裡找到自己，找到答案。即便大家多敲鑼打鼓說「不要相信兩性專家」，卻還是很多人想要從擅長書寫愛情之人的文章裡，找到些曙光。

所以，書寫愛情的人，別寫了愛情，卻用那種無情無義的方式看待，讓來求助的人變得更絕情，以爲世上多數都是王八蛋。

世上有那麼多人斤斤計較，就是爲了這些爛故事。

世上那麼多人害怕，就是因爲你以爲了他們爲由，寫了許多所謂難堪真相。

連HBO影集《慾望城市 *Sex and the City*》跟《*Girls*》的女孩們都不怕受傷，努力往前。

可既然你這麼怕跌倒，隨時隨地穿護膝上街好了，或者乾脆別走路。

我始終相信，不是命好的人才會天真，重點是有沒有本事經歷了一切，還不失美好信念。

愛情真的無法輕易回答，當你問問題、或找答案時，拜託，請謹慎小心。你的幸福，沒人能替你負責。我們或許需要感情聽眾，或者意見分享，但這世上最不需要的就是，感情判官。

你不需要跟我們說對不起

「我很喜歡這女孩子，但基於未來考量我還是選擇跟我女朋友在一起。」一位名人在偷吃被週刊揭發後，在記者會上說了這句話。當時許多網友爲之譁然，心想這什麼爛答案。

可聽到的我，瞬間只想著：「三角情海浮沈的女孩們，把這句誠實的話記下來吧，沒什麼建議比這秒更真了。」

當然，新聞還有許多後續。譬如男女只是偷情遊戲，他們都另有交往對象。並非男人就是負心漢。女人神隱不說些什麼，過了幾天終於上網簡單道歉，而男子也道歉不停。

爲什麼，要道歉啊？

看這新聞時，我一直在想這件事。就連幾個月後，另位名人被抓到偷吃，也出來拼命否認道歉時，我更想著：「這次你的行業更不需要道歉了吧！你沒有販售愛的夢想與勇氣啊！」

頓時我想起某位經營快速記憶補習班的男藝人，在某年女友跳樓自殺時去跟她的家人道歉。然後，雖然每年忌日還會去，仍舊一個又一個女生換不停。當然，他單身，他可以。他說的沒錯。畢竟結束生命的是女生，懷著歉意跟追求幸福是兩件事。

關於感情裡的「對不起」，其實是很私密的。如果真做出對不起對方的事，不需要跟社會道歉，最重要的是，讓對方可以釋懷、讓對方可以放手或讓對方重新相信跟真正原諒。

這並不需要鉅細靡遺的透過螢光幕或者網路報告。感情生活不是實境節目，不需要觀眾，更沒有收視率可言。而若問我在這幾年感情生活中習得什麼，我想最重要的是。當我老把愛情生活點點滴滴即時分享給大家時，所流失的就是真實。

對方要的是我看著他、跟他一起經營面對，而不是我看著大家說：「嘿，我真的好照顧他！」、「嘿，他真的對我好棒，我感動他給我的一切。」

我這小肚雞腸之輩，若遇到上述狀況，會胡思亂想著：「你終究還是在意其他人的評價，甚過我啊！」、「你連忍耐幾天都做不到，一定要一次次出來『滅火』而非先承受嗎？」

我這事不關己之人，除非你是我另一半或朋友，否則也不會疵牙裂嘴地要求你說個明白。你是活在電視盒跟網路裡，而我生命中有太多深怕錯過的事物必須要去珍惜。

偶像的確有社會責任，可若我的偶像發生家務事，我寧可他先安撫好家人，用行動證明一切。道一次歉就夠，然後繼續做著該做的事情，就像是當年的劉德華。

這樣想想，要求似乎太多。
世上能有幾個劉德華。
而當他背後的女人，一般女人，也辦不來。

這時，也想問個選擇題。

你要當個零瑕疵男人二十二年背後的女人，終究他對外承認妳。
還是高調長跑數年，某天突然發現海誓山盟的對象背叛，求妳原諒，保證絕不再犯。

對我而言，兩樣，都太難。

chapter

VI

就算一個人也是要幸福啊

網友常常問我，
是否真的習慣一個人？
或者喜歡單獨？

我總是說：「因為不知道可以單身多久，
所以要享受獨處。
假設之後就結婚生子，
那麼單獨的時間就不多了；
假設終生都遇不到伴侶，
總是要喜歡一個人的生活吧！」

況且，
愛不是只有愛情，
當然少了愛情會挺寂寞的，
可若不懂得欣賞愛情以外的愛，

那麼，
或許永遠都無法感受到幸福的戀愛吧！

當時只道是尋常

有陣子在編詩集，那時讀到首詩，是清朝詩人納蘭性德寫給亡妻的悼亡詩〈浣溪沙〉。

誰念西風獨自涼，蕭蕭黃葉閉疏窗，沉思往事立殘陽。
被酒莫驚春睡重，賭書消得潑茶香，當時只道是尋常。

這首詩自此在我心中無法離去，美得不知怎麼說明。

「當時只道是尋常」是小時不懂的心境，總是希望快點長大、逃離家裡，戀愛若不轟轟烈烈就覺得煩悶。每天在教室啃書老覺得無聊。

於是，國中三年級就開始出去玩。未成年出入舞廳跳舞，十八歲後開始抽菸喝酒。華麗地過著每一天。甚至二十出頭交的男朋友，明明就很貼心浪漫了，還嫌生活無趣害怕永遠。最終分離。

然後，躁鬱症發作、自殺進了急診室數次之後，才知道尋常有多重要。準時起床、煮飯、跟朋友聚會、微笑，看電視、陪著兩隻貓。寫不出稿窩在被子裡睡大覺。宿醉甚至生理痛，都是簡單的美好。

於是前陣子，用兩週的時間緊急編完一本食譜，很幸運地成爲暢銷書時，我並沒去慶功，也沒做什麼。只是在家裡待著。那時在網路上寫了篇文說：

此刻我坐在家中天台，風徐徐吹來，看著敦化南路大樓環伺，揣測著今晚星星到底會不會出來，空氣中漫著鄰人煮飯的味道，有麻油雞、燉湯、滷肉……這些佳餚透過香味開著自己的里民大會。

這瞬間，我是幸福的，那樣的幸福感不在於擁有什麼，而是可以舒服的過日子，或者是說，我慶幸能這樣過日子。畢竟，已經忙碌了好幾週，當時執拗地維持就算沒時間睡覺也要下廚，至少要好好吃飯才能有動力，每天努力拍照上傳，強迫似地給自己動力。

而那樣地獄般的忙碌終於告一段落。終於迎來不需煩惱工作的週六。我帶著宿醉打開昨晚燉的清燉牛肉湯吃麵，喝著蜂蜜檸檬水，趁著天好拿起了畫具，跟貓在天台玩樂畫畫，媽則在一旁曬衣服；稍晚則打算散步去友人家看金馬獎。

如果你問我幸福是什麼，那我想，答案是「尋常」。只是我們常忘了這話，直到失去了，才會想到。

即便至今，想到這畫面。我仍舊感到幸福。於是後來細想，我和那些情人離散時，記得的往往都是如此細瑣的小事。

就像某年曾經在網路上寫文稍微引發爭議，雖然當時認同我立場的人不少，但攻擊言語也是有。那時還不熟悉網路生態的我，十分恐慌，又萬分介意。看著臉書專頁被一堆留言洗版，愣在那不知如何是好。當時男友沒說什麼，他只把說了好幾天要修卻沒弄的簾子裝好，去銀行辦事回來時，買了杯熱可可給我。

這是分手後，那段同居生涯裡，最讓我難忘的一幕。平日囉嗦嚴肅的他，那時沒罵我也沒講什麼。就用了這方式，讓我知道他的關心。

說到這，竟想起，原來我每段戀情開始，都是因爲「尋常小事」。

報紙包的茶葉蛋

雨中的週日，發懶睡了十幾個鐘頭後，決意出去走走。想了想搭捷運到西門町天后宮拜拜，順便去看在附近開拉麵店的好友。

西門町對我而言不是逛街玩樂的地方，比較像某種儀式，生活中不能抹滅的節拍，少了點都不對勁。

捷運六號出口走出來，往成都路上走，經過萊爾富門口，花三十塊跟高齡九十幾歲的視盲老爺爺買森永牛奶糖。進天后宮拜拜，跟媽祖說上幾句話，感謝的話、煩惱的話，願望或者困惑。然後，走去朋友店裡吃碗拉麵，再走去寶慶路坐公車回家。

大約兩三個鐘頭的行程，融入徒步區上嬉鬧的學生、表演的街頭藝人還有公益團體，甚至抗議人群，還有坐在街頭打發時間的銀髮族以及觀光客。奇異的混雜，又有著微妙的協調感。我是不屬於那個空間的人，但從小祈禱到大的神祇，又坐落在那，於是加入了。

這讓我想起尼爾蓋曼的書《美國眾神 *American Gods*》，只是，這坐落在繁華區域的神祇，香火鼎盛，未曾被遺忘。而西門町，這個古老的年輕地帶，隨時都有著新舊交錯的風景。

像今日回程在寶慶路等公車時，經過個茶葉蛋攤子，外省老伯伯，推著車，滿臉的刻痕，在寒風中，沒扯著嗓子，就靜靜地坐著賣著，旁人說：「今天生意不好啊！」他沒抱怨也沒暴躁，僅點點頭。

於是我停下腳步問他：「茶葉蛋一顆多少？」

「一顆十塊。」他說。

「那，給我兩顆吧！」

我拿出二十塊零錢塞給他，他拿起用報紙摺成的紙袋，把茶葉蛋放進去。

收下茶葉蛋，跳上公車，回頭望了望老爺爺。心想著，下次來西門町拜拜的儀式中，定要加上買茶葉蛋這項，報紙包的茶葉蛋，暖的，除了胃之外，還有更多，無形之中，遺落在城市裡的某些故事。

後記：後來發現寶慶路的茶葉蛋伯伯很有名，還曾經上過報紙，是跟我爺爺一樣從江西南昌來的魏老爹。頓時我想起了爺爺的臉，也覺得如此相遇是緣份。在西門町買茶葉蛋，就變成另個必備儀式了。

穿梭馬路的玉蘭花

最近兩次上班搭計程車時，在敦化南路信義路上都會遇到一位婆婆兜售玉蘭花。她個性有些執拗，往往會多花點時間待在車前不走，不像那些快速穿越每部車都問盡的人，部分司機會視若無睹，今日這位司機，更是用一種逃避現實的態度，將車行駛略前，於是，我搖開了車窗，回頭叫她。

也許是她那拗脾氣，讓我有幾分親切感，想起了在工作上死不服輸的模樣。所以這兩次總買了玉蘭花。現在的玉蘭花不同，還會搭些雞蛋花、扶桑花，我心想，有些應該是在路邊摘來串起來的。

因爲上班時間近午，每次開窗時，她都會跟我說：「買三串好不好，五十塊，我要去吃午飯了。」我點了點頭，買下。五十塊，她可以吃個便宜便當，或者是一碗乾麵，切點便宜小菜。

五十塊。

由於我不喝手搖飲料、甚少吃甜食、也不喝咖啡，對我來說，沒什麼損失。喝醉買了隔天趕緊送給老闆或朋友，心想不要再碰的菸，都不止這個價錢。

但我難過的不是這個。而是我每次買了花要拿給司機時，他們都回答我：「以前我都會買，可是很多乘客不喜歡這味道，所以只好不買了。」

於是我只好帶到公司，掛著。

可能有些人覺得俗氣，心想放著白百合的計程車高級多了。

不過，那幾十分鐘車程的俗氣味，可以幫助一個人好好生活。那俗氣的味道，再怎麼樣，也比不過某些俗艷的香水味。

話雖這麼說，在玉蘭花跟白百合的俗雅之間，我卻也曾犯了一樣的錯。

在跟阿婆買了玉蘭花過了月餘，某次出家門因秋老虎螫人，想都不想就跳上計程車，上車才發現司機單眼闊臉，看起來似非善類，心想糟了，沒敢搭話，默默地滑著手機。

沒想到停在敦化南路口紅綠燈時，司機大哥說話了，他說：「妳看那人雙手都截肢了還在賣玉蘭花，政府難道沒有任何福利措施幫助他嗎？」我稍微調整一下身子坐正看，發現平常販售玉蘭花的執拗婆婆不在，取而代之的是位白髮老翁正在叫賣著玉蘭花。

司機大哥緊握著零錢準備要購買，老販經過了賓士車、寶馬車，各式各樣的名車，卻繞過了司機大哥。我想，司機大哥的樣貌，讓販子認爲他並不會買花。

綠燈即將亮起，老販趕忙著回到人行道，司機大哥過了陣，才把手邊的零錢放下。

這時，喊著請大家買玉蘭花，不要只在乎百合的雅緻的我，不也犯了以貌取人的錯？誰能想到，在車海中，真正願意掏出銅板的不是那些名車，而是面惡心善的司機大哥。

下車時，我對他說了聲「謝謝」，那聲謝謝，不僅是對於他的服務感謝，其實我沒吐出口的是，謝謝你讓我看到世上善良美好的一面。

不要討厭玉蘭花好嗎？

我知道鼻敏的朋友們會不舒服，但不怕花粉的我們，下次在車陣中遇到時，是否能像那位面惡心善的司機大哥一樣，搖下車窗，把我們手中的銅板，換作心中的溫暖，遞給他們，換束美麗的花。

我的精神科醫生

每三個月都要去雙和醫院找李信謙醫師，想想也都六七年了。有時會聊些什麼，有時只是笑笑討論最近好嗎；也有我對於相隔十年卻想自殺哭個半死、怪罪自己，而他擔憂我這樣看待自己，是否要送去療養的時候。

這次，有點不一樣。在候診時，有個男人喊著：「〇〇〇董事長我愛你！」雙手合十講了好多次，旁邊的人，有人譏笑、有人害怕。我覺得不捨，甚至差點動怒說：「這不是玩笑好嗎？」

他的特殊狀況可以插隊，所以之後輪到我。

進去之後，我問醫生說：「我不討論病人隱私，但他是精神分裂嗎？」

醫生說：「不是，他只是工作壓力太大，所以才會失常，但他不會傷害任何人，只是一直重複同樣的話。」

「這什麼病啊？」我問：「躁鬱？憂鬱？精神分裂？」

醫生說：「都不是，他只是壓力大，平常很好，但發作時就這樣。」

「這樣無法工作吧。」我說。

「當然啊！」他輕描淡寫地回答。

然後我想起他在跟醫生聊天時，那密閉門，都可以傳出他悲哀並無力重複說著：「醫生請你救救我。」

我問醫生說：「我以爲你會幫他打鎮定劑。」醫生沒有回答，反而是後來聽到，陪我來看診的弟弟說：「他好像漫畫改編的日劇《心理醫師恭介》不隨便用藥啊！」

那時，我笑了。

這特別的時刻，反而跟醫生意外地聊了很多。他問我好不好啊，我說：「還可以啊！」他說，有個「還」字，聽起來很游移。

他如此了解我反而讓我不好意思，於是我說著：「我的朋友出意外了，這件事讓我反思，從二十歲開始，每次我發病總是想要離世，我用了許多不怕痛的方法，次次送去急診室，每次總覺得生命要結束很難，但她卻如此脆弱。」

醫生說：「生命是不能這樣計算的。」

我看著他，他總是能讓我誠實。

「我的感覺很奇妙……」不像以往的哭訴，我鎮定地說著：「活到現在，我遇過壽終正寢、疾病猝死、自殺身亡，這是我初次發現，所謂『意外』，不知生死卡在那，無能為力，只能用眼淚懇求著希望，找些小小怪力亂神或自然療法。感傷的是，朋友只是遇到點困擾，想出去散步釋放，卻遇到這樣的事。想起來我好糟糕，屢屢想要離世，膽小地只敢吞藥，噁心地只願逃避。我還活著，以為死去很難，而我朋友遇到這種事。」

醫生說：「不是這樣的，很多人覺得精神疾病的人糟蹋自己，但那是無法抗拒。那樣生命的抗衡跟痛苦，沒人想要。」

我說：「是啊，但這次有進步喔，有用力哭，跟朋友訴苦，再也沒有假裝堅強。」

「那很好啊，最近吃藥好嗎？」

「還是早晚要吃耶，雖然已經減藥很多，但沒辦法像最早期只要一天一顆，只要早晚缺少，身體就會不適。」

「妳一定還有過不去的關，不管是金錢壓力、還是工作困擾，這些事情讓妳溢滿了。會好的，總有一天不用吃藥。」他說。

「我也希望啊，等有一天懷孕我們再煩惱吧！」我的話引他發笑。

醫生，總是用看似平靜的方式安慰我。他是精神科醫師，不是心理醫生，他沒必要跟我講這麼多，可以像很多醫生草草開藥就好。但他就是這麼溫暖。他減去了我以往重度依賴卻副作用很多的鋰鹽，他抵死不給我吃人人認同的睡眠強藥思丁諾克斯

Stilnox。屢屢調配適合我的藥物，讓我可以融入社會。

最幽默的是，他說了：「世上有很多人都有問題，就像妳必須看診，別人可能酗酒、嗑藥，大家都有自己的問題。」

我笑著說：「我喝酒啊，但現在不在心情不好時喝酒了喔！」

他說：「沒關係，可妳要相信，生與死是我們無法控制的。妳朋友遇到這樣的狀況，並不代表妳發病時尋死是羞恥。」

我說：「嗯，但我學會生命的價值，我會加油的，不讓疾病再度擊倒我失控。」

然後我們說著：「三個月後見喔！」

然後他笑著：「好啊，到時候可能會換個樓層。」

這是個多無聊的對話，但有他，真的好幸運。

每次進診間他笑著說：「郁文妳來啦，抱歉讓妳等這麼久。」

突發狀況時說著：「我好擔心妳啊！」我大哭釋放。

叮嚀我：「這次就三個月的藥喔，有事趕緊來。」

在我說著，「嘿，你們看診時間換來換去讓我很困惑。」他小小親切地抱怨著：「我也知道真的很煩啊！」

他成爲我生命中很重要的一部分，他是我交往最久的「異性」，他讓我相信，嘿，有一天妳會好，就算不好有我在。他不在意我那盡乎糾纏的問診。他讓我相信，就算是遺傳性躁鬱症，也會有擺脫開闊的一天，他相信我，可以自己控制藥物劑量。

這讓我很期待每三個月看到他的時刻。因爲我永遠記得，當他知道，事隔十年我又再度傷害自己被送去急診室時，他擔憂我，又擔心我會怪罪自己的表情。

他親切地說：「嘿，不要怪自己，我最怕妳怪自己，人生就是有些事情我們無法控制，重要的是面對，而不是困在『我就是辦不到』裡。」

謝謝你，信謙。

你讓我覺得，躁鬱症再也不羞恥。

謝謝你，信謙。

我好喜歡我們探討生與死，病與好的那刻。那瞬間，我們不是精神科醫師與病人，是種，想像中高調矯情，卻期望的，哲學家對話。

十七歲的貓，十七歲的我

十七歲時養的貓球球，今年已經十七歲了。

牠是隻公貓，藍波斯，卻不知道爲什麼，看起來像隻萌樣百分百的母貓。

球今年很老了，雙眼得了白內障看不見，後腿從初二晚上開始發軟無法走動，今天早上媽媽緊急送牠去動物醫院，檢查了一整個下午，到晚上，才帶到我家，讓我看看。

聽到球住院時，心情很複雜。

十七歲，在貓的世界已經是貓瑞，但十七歲，在人們眼裡，卻應該是青春美好的年紀。

記得剛帶牠回家時，媽不喜歡貓，我偷偷養在房間裡。球球很怕生，牠曾經住在一個養了十三隻貓的人家，不知爲何被拋棄，我花了三千塊把牠帶回家。當年牠八個月大，不吃不喝，除非我把飼料放在手裡餵牠，牠才吃。當時我們住在忠孝東路四段的大樓裡，家裡時常熱鬧，許多人來打牌，球很乖，一叫就來，大家都笑我養狗，不是養貓。

年輕時脾氣差，有時晚上出去玩晚了，忘記餵牠吃東西就睡覺，牠就會喵喵叫要把我吵醒。

記得有次，又是被牠吵醒，起床時我兇了牠幾句，牠不敢說話躲在一旁，在我進浴室開始洗澡時，趁我沖著水聽不見聲音，才開始喵喵大叫像受盡委屈的大吵，笑得媽在門外上氣不接下氣。也是那天起，媽開始越來越喜歡球球，沒事會跟牠說話、聊天，發現貓其實很可愛。

球球神奇的事蹟很多，十九歲時，我跟媽搬到民生東路中原街，房子變大了，牠也跑來跑去，最喜歡在玄關曬太陽。十八到二十歲中間，很喜歡朋友來家裡開派對，朋友們愛嬉鬧，會偷偷給牠喝酒、或者拿貓草看牠衝刺開心，當時年輕的我，只懂得在一旁大笑，球從來沒怪我，牠還是維持著天蠍座的優雅，永遠站在我身邊，就算生氣了，也非得等外人走了才發脾氣。

球不只這樣，當我二十歲開始寫作時，牠會生氣地坐在我的筆記型電腦上，吃醋。收到喜歡男生送的禮物，牠不喜歡，還會故意摔破。當我媽迷糊忘記關瓦斯時，牠會喵喵大叫提醒我們小心。二十四歲我失戀大哭時，牠會在一旁陪著我，爲此，我寫了篇文章〈外星人 103 號〉送給牠。

可二十四歲後期，跟媽吵架要搬出去時，我首度拋下了球球，因爲當時有室友，不知道可不可以養，過了幾個月，室友說可以，我把球球帶來了。球球喜歡人，不喜歡貓，孤傲的牠卻也有了貓室友，貓室友喜歡追著牠跑，球球好生氣，每次，都會在我房間偷尿尿以示抗議。但牠抗議的方法還是優雅，牠永遠只會尿在我忘在地上的塑膠袋上，從未弄臭我任何東西，只是告訴我「我不喜歡」。

於是，當媽搬到天母時，剛好我的公司在關渡，我就帶著球球搬回去住了。可是過了沒多久，我這待不住的主人，跟媽吵架，自己搬到天母的小套房。屋子只有十坪大，我沒辦法帶走牠，牠就這樣被我丟下。

二十六歲的夏天，我跟媽和解，生日當天去了媽位於新生高架橋下的房子看牠，球發起脾氣不理我，卻還是忍不住跟我玩，沒想到，那年是我最後幾次看到牠。後來媽戀愛了，帶著球球搬去男朋友家。媽的男友不只愛上她還愛上球球。當我二十八歲搬到安東街二十坪的公寓，足夠的空間養球球時，媽不還我了，只有偶爾問起牠，給我捎來點消息說牠很好、很幸福，牠老了，或者是怎麼了。

媽跟男友分手時，我也養了新的小貓，有考慮過要不要把球球接回來，試試看能否共處一室。但媽的男友太愛球球，既然是媽主動想離開，她決定把球球留給對方，但有空時，會去對方公寓看球球。分手後還是朋友，向來是家母的強項。

光陰就這樣流轉，一眨眼，我竟八年都沒看到牠。如今我三十四歲，球球十七歲了。今日午后，媽打給我說：「球球住院了。」我聽了好緊張，問說怎麼了。媽說後腿突然不能走，我急著想去探望，想到大年初一還約好了找天要去看球球。雖然拗脾氣的我，曾對媽說：「若非結婚對象，不要讓我認識她的男友；誠如我如果不想跟對方好好在一起一輩子，我也不會介紹對方給我媽。」可因為太想球球，我態度軟化，想著要踏進那媽曾度過幾年歲月的公寓，沒幾日，卻收到球生病的消息。

媽說沒事，已經可以走路了，經過精密的全身檢查，也查出原因，稍晚出院會帶給我看，球球就來了。

誰說貓無情，貓的記憶，比我想像中還要久。球球因為白內障看不到，但當我喚著牠，牠卻還是會走向我。關節出了點問題，步伐變慢了，眼睛看不見了，卻還是維持著驕傲跟優雅。外貌仍舊看不出歲月的痕跡。

但球老了，真的年紀大了，小時因為圓滾滾叫球球的牠身形削瘦，因為無法自行梳理毛髮，指甲漸漸長不出來，也只好剃毛，穿上防寒的衣服，變得好瘦好瘦。可我抱著牠，親吻牠時，牠還是記得，回應的樣子，就像回到十七歲。我的十七歲。我很愛牠的十七歲。

我不知道牠還可以在世上多久，看著牠，生命裡從最糟糕跟到最美好的十七年，在眼中流轉著。失戀的哭泣、發病想自殺，跟朋友們荒誕的嬉戲，都有球球存在。
我拋下牠，牠卻記得我，我想念牠，牠似乎也感覺得到。
十七年過去了，牠還是那個一叫就來的可愛小貓，雖然我笑稱牠是貓瑞，但看著牠巍巍顫顫的腳步，卻心疼地想哭泣。
人的一生，能有多少十七年。貓或許只有一次。
人與貓之間，可以確定的是，都只有一次十七歲。

十七歲的女生，那年懵懂間，養了隻八個月的貓。
如今三十四歲的女人，跟那隻十七歲的貓重逢了。

像是對荒誕青春說再見，像是面對著荒誕青春喊著：「我長大了，也高興你還是很好，即便這麼多年過去了，我還是很愛你的，我的青春，我的第一隻貓。」

後記：球球在寫出這篇文章後兩天走了，那時我人在台東，天空很美，風很涼。在我出門前一天我去看牠，我說：「謝謝你，你累了就走了吧，謝謝你給我的一切。」我接到消息時，躺在民宿的吊床上，聽著Jem的〈Flying High〉帶著微笑，知道我永遠愛牠。

記憶裡的料理

或許因為貪吃，所以做了不少跟吃喝有關的書。首次踏入飲食類書籍，就是做威士忌書。當時為了試喝，常常三四點就暈淘淘、醉醺醺。可那是個有趣經驗，學了很多知識，後來變成長銷書，也覺得很開心。後來，又投身到燜燒罐食譜的工作。燜燒罐食譜是無心插柳，當時老闆聊起他都是用燜燒罐裝小孩的副食品，但覺得應該可以更有趣。於是我們就投身食譜行列。

這個低階食譜，是跟幾個喜愛做菜的朋友一起撰寫。在想食譜時並沒發現，倒是在拍攝做菜時驚覺：「啊，很多菜，都是我記憶中的料理。」

媽媽的白菜番茄川丸子、外婆的家常滷肉、奶奶的冰糖水梨湯、本書設計工作時的下午茶小卷米粉、感冒時吃的養氣雙蔥粥……都出現在書裡。

一道道菜列下來，花了三天時間製作拍攝，也靈機一動想起了不少東西。在今天拍攝最後兩道菜時，卻漾起了不同感受。

當年為愛而學的皮蛋鯛魚湯；剛開始創作時，水瓶鯨魚煮給我吃的台式芋頭粥。

在那個不顧一切相戀的時刻；那年少輕狂以爲將來必會成爲不朽人物的驕傲。多年過去，我變了……不再愛那男人；也知道自己只是個平凡的人。那個加班夜裡，數次在水瓶鯨魚家大吃宵夜的日子，連之前幫她出書，跑去高雄跟她開會時，還是撒嬌著請她準備料理，讓我大快朵頤。

時光汰換，我變了另個人。不再喜歡跟有才華的男人交往，知道那樣，即便可以激發靈感，還是會讓彼此疲憊；水瓶鯨魚也笑說，我不再是從前那個毛躁，遇到問題就想逃跑的小女孩。她真心覺得我是個好編輯，她很高興我幫她編書，那也讓我在酒醉時鼓起勇氣跟她說：「謝謝妳讓我有機會成爲這麼棒的人！」但那些味道，卻沒變。無論我是否可以完整呈現那些記憶料理，卻始終沒忘記初次品嚐的感動。

從採買、切菜、烹煮，也記起了當時的感受與故事。貪吃鬼如我，根本沒想過某天會把這些料理寫在書裡。

然後它們就這樣被書寫出來了，站在攝影棚，一道道料理被端出來。我的青春之歌，就這樣編寫在書裡，有機會閱讀到的人，都有可能接力編寫出屬於自己的食物記憶。

你的美食記憶是什麼？下次在烹煮時想想，必定都有個美麗故事。

大哭很好

打從發現只要吵架媽媽就會比我先哭之後，就成爲不愛哭的人。哭是很沒有用的東西，哭完了破掉的碗不會好；哭完了失去的人不會再回來；哭完了世界還是一樣不會改變，所以我討厭哭。討厭哭泣到，小小年紀就寫了段話說——

你哭，世界不會陪你哭
你笑，世界才會陪你笑

就這樣牢牢記載日記裡，究竟是自發性想到還是讀到也不復記憶。

於是，就越來越不愛哭。

頂多幾個特定時間會流淚——

失戀
親人離世
電影書籍感人

失戀爲什麼會哭呢？因爲對方背叛而哭，因爲心被挖空而哭，因爲不哭不知道自己要幹嘛，那麼狼狽點好了，反正食不下嚥，不如哭一哭消水腫。親人離世是感念再也見不到對方，心中充滿無限的懊悔，說出來的話對方也聽不見，做任何事對方也感覺不到，既無言，只得淚。電影和書籍，或許是喚醒了某個記憶，或許是某種寄託，或許是感念，於是，痛快地哭了。

但我討厭爲了其他理由而哭。

小時候曾經爲了犯錯而哭，數學考試一個符號沒填好，九十分變成五十分，又哭又鬧又踹桌子，分數不會因此改變。在學校被朋友欺負，課堂上趴在桌上哭泣不止，歷史老師露出嫌惡的表情沒給半分安慰，還若無其事繼續上課，覺得自己可笑。

爲了失敗哭只會招來嘲笑，爲了犯錯哭，只是讓自己顯得荒謬，由於抱持這樣的心情，無論再怎麼難過，就算跟另一半吵架，也只會皺成一個梅子臉，鼻子不停地吸氣，卻哭不出聲，也掉不下眼淚。

但三十三歲那年，我終於爲了犯錯而哭。

那時我因精神狀況不佳，在從前戀人闊別一個多月終於回國時，因爲一點小事，對他失控大吼說我想分手。說在我悲傷的時候他都不在我身邊，回來時就呼之即來、揮之即去。可那理由好小，不過就前天他回來時，我剛好從香港到台灣，他說我們碰面吧！我一落飛機大包小包的奔去，隔天上班，我說感冒了，他說那你今天先回家，我們明天再一起去跟我媽吃飯吧！

然而那時，我就爆炸了。本來是個鬧脾氣吵架，後來卻演變成如果你不能好好保護我，那我們分開吧！當時我不懂自己爲什麼會這樣，是生活的壓力釀成，還是忘了做人的根本與尊重？

總之，我犯了個開口後就很難以挽回的錯。冷靜下來後，很誠懇地跟對方道歉，只是情緒已經釀成，要讓對方瞬間理解是很難的。

好說歹說看似無用，即便對方說了他不怪我了，但請給他一點時間，可神經緊張的我，看著他生疏的態度，甚是惶恐。

於是態度卑微、可憐、無奈、扭曲、逃離，想要把摔破的東西黏回原狀，竟弄巧成拙，我不開心對方也不開心。

我好討厭這樣的自己。努力了三十幾年，試圖磨去厭惡的因子和陋習，卻在一些家族回憶或者過往包袱中，瞬間化成小時候那個刺蝟般攻擊別人的孩子。彷彿成爲《帶不回家》裡的艾宓或《金閣寺》裡的和尚，還是無數故事裡的暴君。

只要毀了完美的東西，就不會害怕失去，就會感到暢快；只要踩碎有瑕疵的東西，就不會被那些醜陋扎到；只要大發脾氣，直言暢快，世界就能完美無暇，情緒獲得百分百的抒發。

可天知道我有多討厭那個角色，那個，爲了不要當被丟棄跟受傷，還有被人瞧不起的人，隨時武裝跋扈的自己。也好討厭恢復理智發現犯錯後，那個不知如何是好，卑微乞憐，就是要別人原諒，那個小心翼翼不可愛的自己。

於是，我終於哭了。

趁母親不在家，眼淚大把大把的直流，鼓起勇氣播了電話說著：「對不起、對不起，我想彌補但我不知道怎麼辦，所以我越弄越糟，但我真不知道該怎麼辦……」

那對不起像是說給自己聽，也像是說給對方聽。

哭完後，整理了一下心情，出門開會，像是轉了個頻道，繼續對別人介紹新書、跟作者對話。

回程搭著公車，伴著秋日午後斜陽，想起那時寫給艾宓的一句話——

「愛是從原諒開始，而原諒是放過自己。」

於是在仁愛路的林蔭道路上，邊散步邊笑自己是自打嘴巴的冠軍。

我們的確要原諒別人，但有時也別忘了原諒自己。

原來哭的魔力，是很偉大的。

它沒辦法幫你把世界恢復原狀，它沒辦法化腐朽爲神奇。

可是哭，往往代表一種洗滌。

像是大地之母那溫柔的手。

輕輕訴說著：「沒事了、沒事了。」

事情當然還是會發生，所有的過錯還是需要時間咀嚼，該面對的未來不會少了許多。可是放下的，是那個幾度不肯放過自己的心。可是換來的，是丟棄好強之後的平靜。

人生難免會犯錯，當我們傷了自己的家人朋友或者另一半時，若真無能爲力，不如放自己好好大哭吧！先放過自己，才可以接受時間的考驗，或者是，理性地看待錯誤。

雖然後來，我再也沒跟他復合，用了很多拼命難看的姿態要挽回，卻只讓對方害怕逃避。至今才繼續當朋友。而冷靜下來才發現，在我發瘋恐慌時，其實他給過我很多次機會關心我，但我還是搞砸了。或者是，我們就是沒辦法，在一人狀況不穩時，支持對方。

但我謝謝他讓我學會放過自己。所謂的放過自己，不是不把別人的苦放在眼底。但有時，當彌補變成一種雙方磨難時，先丟下所謂的完美，承認失敗吧！

美好的小事

三十三歲那年八月底，闊別了將近十年的躁鬱症發作，清晨服藥送進急診室。那天來得很突然，晚上一位工作上的前輩請我吃茄絲葵牛排。結束後去朋友的爵士酒吧喝酒，當時我搶著要買單，前輩不高興，覺得我這樣不給面子。我拿到帳單，發現朋友算得比平常折扣少，朋友的理由是既然要請客，就是要做好，其實他沒錯，但那天，我就是鬧脾氣。

走路回家路上，傳訊息給朋友說：「我日子真的過得很不開心。」朋友說：「我覺得妳怨天尤人，有啥好不開心？」

在那之前，我幾乎天天喝醉、好常喝醉；喝醉有時跟朋友會起衝突，同時跟某任前男友藕斷絲連，糾纏不清，心中又掛著當時因搞不清楚自己要什麼而分手的前男友。

我的人生亂了套，是個徹頭徹尾的崩潰女人，是《藍色茉莉 *Blue Jasmine*》裡的凱特布蘭琪，只是沒有那麼美麗。

那天晚上，我躺在家裡，覺得活著有什麼意義？工作應該不會再度突破，書也寫不好了吧！戀愛又談得一團糟。於是我拿起醫生開給我的安眠藥、鎮定劑，通通吞在肚子裡，我想要一睡不起。

那刻，我傳了兩封語音訊息。一封給我的好友，說對不起我要離她而去；另個是當時的前男友。

接下來我不記得了，直到天光時，妹妹來敲門、跟我吵架的朋友跟鄰居來了。收到訊息的好友有事去看眼科。

總之，我被送去醫院，門口是一臉茫然的媽媽。

吞了黑碳水排毒，妹妹請前男友送我回去。

我恍神不已，隔天醒來跟朋友們道歉。

那瞬間，我失去了一些東西。

我失去了最好的女生朋友，我忘了她爲青光眼所苦，而且父親離世未滿一年；我忘了朋友的爸爸中風，在他跟我說我媽在哭時，我說我留著是她的包袱，沒有我她會更快活；我嚇跑了前男友，也不知是真是假，他說有了新戀情。我鄰居也離我而去，她惡狠狠地說，要我去多唸心經。

那個八月，生命重新洗牌。先是怨恨好友們離去，在接受有相同精神疾病的朋友們安慰時，我才放下刺蝟姿態，學著冷靜。

那個八月，我跟我的主管說，我想要留職停薪，他安慰我，說會好的。他以前在小金門，就是專門輔導這樣的事情。

然後多了些想不到的人幫我，十八歲打工認識的朋友常跟我閒聊；跟我合作劇本的水瓶座朋友在我恐慌時一直顧著我。

我一天又一天的哭，完全沒想到闊別八年自殺心情又找上我，恨透了自己。

事情過了一年多，回頭看有了不同心境。如今已經慢慢減藥，在生病的過程中，也有很多人給予我鼓勵。我跟女生好友恢復聯繫，只是以往的生活再也回不去。至今我也不懂為何為了這麼小的小事，傷害自己，糟蹋生命。但按照醫生所說的，別去思考，好好繼續下去。

在那一年多裡，我開始無聊的生活，媽媽搬回來跟我住。在我有能力恢復煮飯興趣前，上班前吃媽媽煮的飯、感冒桌上會有梨子水、有時是蜂蜜檸檬。搭車到公司，有時候被罵，有時候被稱讚，但至少都是嘻嘻笑笑，八卦。回著幾個朋友沒營養的簡訊，酒過三巡討論著愛不愛的風花雪月，被催著去拜月老，每隔一段時間就被拷問感情生活。看著周邊同行都結婚了，笑著說沒關係啊，但，對啦，我不懂婚姻的真諦，害怕做不好，卻想生小孩，想著再談一次戀愛就好。就那次，之後就鼓起勇氣學習永遠。

我還是試著喝點酒，雖然朋友們盡量禁止。喝酒的時候聽著DJ放著80、90年代音樂跳舞，想著爲何老是捲入奇怪的事件。變得很愛哭，連看電影時都會痛哭一場。遇見難過的事情時，每個人用不同的方法給我力量，對於眾人盲目追求的遊戲總是反骨地大翻白眼想說我才不想加入。

這些不痛不癢的小事，不，應該說，這些你我總覺得不痛不癢的小事，其實是最美好的大事。這是發現生命脆弱無常、重新愛惜生命後，所學會的事。

有人問我，會不會怕再自殺，怕，真的怕。所以仔仔細細思考生活環節出了什麼問題。去跟父親懇談、面對小時候性騷擾的事、試著了解我需要愛什麼樣的人，提醒自己朋友的關心不是理所當然。

然後，我告訴自己要去愛這些小事。因爲生命，就是由這些小事組成。我會記得好友肥肥爲了朋友自殺身亡哭泣的臉；我會記得媽媽因爲我好好吃飯微笑的臉；我也會記得後來有次害怕躁鬱症發作時，那個拍著我要我別怕的人。

謝謝這些小事，也請愛你的小事。

好好吃飯，才能好好生活

好好吃飯，才能好好生活。
以前總認爲那是老人說的話，真不知是我老了，還是我懂了。
於是，我開始在工作繁忙時，怎樣都要好好吃頓飯，吃當下想吃的。
於是，我在擔心朋友蠟燭兩頭燒時，會不多說些什麼，只叮嚀這句話。

我這個任性女兒，在想討回廚房，經過廚房主權大戰之後，向來疼我的媽媽還是把廚房還給我。於是我們分配好，她準備水果，我煮飯，碗盤清潔我來，她歸位。

這時我才知道，媽喜歡跟朋友交換「今天中午吃什麼」，貼在臉書跟 Line，彼此分享本領。
於是每天中午我都會想著不一樣的料理讓她分享給朋友，雖然我無法實踐小時候的承諾，買一雙 Chanel 的拖鞋，讓她去打牌炫耀。
但我想讓她好好吃頓飯，我還可以做到。

爲了好好吃飯，每天都會細想要吃什麼。有肉有菜有澱粉有水果，盡量自己下廚又吃得開心。於是試了好多東西。怕過敏就自己烤馬鈴薯片、想吃麵包就自己學免揉麵包、還把發好的麵糰拿來做蛋餅跟蔥抓餅。

然後煲湯，持續的煲湯。寫稿子用煲湯來鎮定情緒；想念外婆味道又怕她忙時就自己燉鍋肉。定期跟媽媽去逛市場，聽她介紹每位攤販跟好處在哪。

我愛做菜，也喜歡吃。朋友笑說兼具兩者的人不多。媽媽讚美我中西日都有涉略，讓我不好意思。

但真正發現自己愛下廚的那天，是雙手大拇指不小心被刨刀狠狠劃了兩刀，血流不止，卻還是把菜弄完並且只在意好不好吃那天。

那時我懂了，那就是愛。

愛是受傷卻還不怕，愛是……你知道是對的，所以有點小小瑕疵，都可以更好的。

所以好好吃飯，才能成大事。

吃飽了頭腦才會清明，吃飽了心情才會好。

於是，當我開始懶得下廚，胡亂吃，或者不顧好小天台的花草時。

就意外發現，啊，情緒時鐘開始搖擺，我要注意。

電子萬用鍋

曾被我躁鬱症發作嚇跑的前男友，見我恢復健康後，我們再度聯繫。其實滿高興他願意繼續跟我當朋友。畢竟當時我十分失禮。

他搬了新家，不再跟家人同住。開始學習做菜，所以時常跟我討論如何料理。

最好笑的是某次他問我說米酒少許是什麼意思？

我想了想跟他說「半個 Shot」他立刻懂了。

彼此大笑這是酒鬼才會懂的通關密語。

他最常用電子萬用鍋煮東西，電子萬用鍋，顧名思義就是電鍋＋燜燒鍋＋壓力鍋的神祕物品。插電定時就可以煮，看了好心動。燉個湯，一小時多就可以完成。

跟他聊到那他可以先用大骨燉高湯，這樣下來約莫三小時，他說這也太麻煩。我說：「欸，以前我燉湯，可動不動就十二個小時。」

於是上網爬文，研究這鍋到底如何，想著燉湯煮粥的季節到了，現在生活這麼忙，這樣方便多了，卻感到些微黯然。

以前煲湯，要用陶鍋文火燉煮，細心顧鍋，不時撈湯渣，爲了煲出清乳白色的清高湯，煮完了還要不厭其煩地過濾三次。配著雨聲、寫著稿子，廚房飄著清香，爲了就是燉鍋好湯。

以前煮粥，要拿起砂鍋，每個好的砂鍋，開鍋都要先煮粥，據說是要把砂鍋的細縫補滿，那樣未來滷東西才會好吃。放了水，洗了米，慢慢烹煮。砂鍋還可以拿來做煲仔飯，用泰國米鋪上了臘味，時間拿捏準了鍋底才有不焦鍋的鍋粑。

更別說滷肉，爲了要抓上外婆的味道，左試右試，就怕收水過頭，過鹹、肉柴。

現在，什麼都簡便了，東西汆燙洗洗，放入鍋中定時還可以預約。啥都難不倒。

美味變得方便了，但那跌撞害怕的情緒跟成就感就有點差別。這時讓我想起現在有Line、FB chat、whatsapp、email……便捷讓一切快速，卻少了那種翻山越嶺的美了。

所以，固執如我，想了半天。在常去的咖啡廳員工教我怕浪費時間可以用烤箱定時恆溫燉煮時。還是維持舊習性。

只是多了點方法，別讓瓦斯爐增添冒險性。

我想，維持舊習沒啥不好，就像電子書盛行，我還是喜愛紙本書。我這老戲稱在夕陽產業工作的出版社編輯，怎能用那麼多時髦玩意。

chapter

VII

You Complete Me

「You Complete Me.」
是所有具有浪漫因子的人，都無法抗拒的一句話吧！
也是我好想聽到的情話之一，
我當然渴望某天有人對我說出這句話。

但我想現在，
生活中的確有些「非關愛情」的部份
Complete me.

躁鬱症

二十歲那年，我初次被診斷出罹患躁鬱症，一眨眼，已經成了四捨五入的話算四十歲的女人。剛開始也不覺得有什麼，只知道我說話速度很快、情緒時常高低起伏；有時會瘋狂採購，可以去書店拎了五六千塊的書，買了兩雙不同顏色同款式的Prada鞋，卡刷爆，對金錢一點概念都沒有。時而充滿自信，時而睡賴在家裡都不出門。

直到有一天，我在家裡開瓦斯。剛開始也覺得沒啥，就是，活膩了。開瓦斯被鄰居敲門說瓦斯漏氣、想割腕又怕痛沒有勇氣、於是試著仰藥，一次兩次……當年可憐的男友才剛接受媽媽過世的事實，又要面臨女朋友厭世。

於是我開始看醫生，剛開始醫生都說我的情緒疾病來自於十八歲到十九歲半的濫用藥物。

但……好幾年過去了，就算體內有什麼無敵毒素也該排完了吧！可這毛病還是時不時地跟著我。二十五歲那年，甚至讓我體重直降十公斤，那真的是瞬間，因爲在此之前，我胖到五十六公斤，試圖想減重時怎樣都瘦不下來。但最後我竟然更誇張，只剩下四十三公斤。

那是我第二次厭世，但被朋友緊緊盯牢。我要謝謝那時的室友安妮，諷刺又遺憾的是，幾年後，她卻因爲重度憂鬱症，用自殺退場離開這人生大戲。

關於躁鬱症，我曾在二十五歲發病那年，碰巧遇到陪我度過自殺的前男友。我問他我該怎麼辦，他說：「與之共處，當做是神給妳的禮物。」當時我想著要用自我意識控制，謝絕吃藥，我永遠記得有天我跪在聖家堂聖母像前，問著：「爲什麼我會這樣？」

那時我渾身盜汗，安妮追到那找我，硬把我塞去看精神科，吃藥，讓我穩定下來。多年來，很多朋友常問我，爲什麼要吃藥啊？有沒有發現什麼原因呢？也曾有男友在吵架時對我說一切都是我庸人自擾，更有人罵我這不是理由。

我不知道什麼是理由什麼不是，試過身心靈療法、運動、戒酒……最後發現藥物控制是目前最好的方法。

也深知每次覺得沒事任性停藥之後，會發生什麼事。僅學會觀察自己在減藥加藥中渡過。

對，這就是躁鬱症，我的好朋友。除了父母家人之外，在我身邊最久的「人」。

這樣的躁鬱症，締造了許多不同的我。
常有人說，欸，躁鬱症代表有才華的人，很多人都是喔！
我還不清楚我的才華在哪裡。
更有人說，躁鬱症，就是想太多啦，不去想就會好。
我也真想這麼輕鬆。

總之，我接受了醫生說是遺傳性的解答。因爲我始終找不出讓我糾結跟瘋狂的地方，當然，我試著努力。
我也試著接受，躁鬱症不會讓我成爲，被他人討厭的工具，無法幸福的阻力。因爲那就是我，像我手心裡的痣、臉上的酒渦，就是天生的一部分。

勇敢說出罹患躁鬱症後，開始有些網友會問我精神疾病的問題。因爲我不是專業的醫生，多半只是陪伴式的聊天。因爲我不是專業的醫生，所以有很多人願意悄悄地告訴我他們的故事。

說出躁鬱症這件事後，竟發現這真的是個禮物；當我在發病期間，受到很多朋友的照顧後，意外發現，從此我對別人的精神情緒更爲敏感，不管我喜不喜歡對方，都樂意給予幫助。這討厭的東西，竟讓我變得有同理心，少了點孤僻。

關於躁鬱症，也曾帶來很多麻煩。
沒發作時很多人覺得有趣，許諾怎樣都會在身邊，發病時卻嚇壞，速速逃離。
關於躁鬱症，卻讓我發現適合什麼樣的男孩。
我想那些比較天真，不在乎很多事的人，會和我相處比較融洽。
以往所迷戀的才子，只會被我的忽高忽低左右，誰都不開心。

曾在我當時心儀的男生問我躁鬱的感覺是什麼時，只能說答不出來，僅回家在臉書苦澀地寫著：

情緒溜滑梯最諷刺的地方是，會讓平日的貼心、幽默、體諒，都變成神經質、尖銳、恐慌。
這就是，你看不到的地方，那也是我所謂，我看到的世界跟你不一樣最精采跟最討厭的地方。
這也是為什麼，我覺得當我變成這樣時，沒有人會想站在我身邊的理由。
躁鬱症，曾讓我在寫不出東西時，蓄意不吃藥想要輕微發病，因爲那時我寫的東西比平常好看。我帶著旁人無法忍受的神經質、自大與瘋狂，可正是如此，才能更敏銳有趣。

躁鬱症，最終讓我明白，除非我願意和解，否則這不是用醫美可以改良修正，微調整形。

躁鬱症，讓沒耐性的我，在校閱本書，看見持續出現「躁鬱症」跟「十五年來」時，充滿不耐，想說：「這位小姐，妳煩不煩啊！為何整本書都在跳針講這件事?!」

可是躁鬱症，以前我恨你，後來我發現，沒有你，就沒有現在的我。

我願意一直擁抱你，除非你想離去。

我願意一直跟大家說著你的故事，讓許多人覺得，即便他們生命有你，都不丟臉可恥。

永遠

因爲家庭關係，對永遠這兩個字總閃爍著相信眼神，心中卻又隱隱不安。剛開始戀愛時，對永遠是堅信不疑，來往個幾次，有時是遇到有自信給你永遠的人，你傷害他；有時候是你相信可以在這人身上找到永遠，但他傷害你；也有時是，兩人都無能爲力，痛哭流涕。

而朋友之間，也可能這樣。所謂永遠的好朋友，越大越覺得遙遠，友情越深厚越脆弱，碎了，有時如同戀愛難以破鏡重圓。有時，只是因爲家庭關係，後來再也沒辦法如此即時親暱遞出援手；有時就是時間到了，大家在不同階段，分道揚鑣。

至於家庭。多數人是可以有永遠的，但，有時候能夠相信的或許只有幾分之幾。我很幸運地有我的母親。而弟弟跟妹妹，當然會在我身邊，只是總有天會各分東西。當然我也運氣比較差點的，有不管對我說了什麼我也「永遠」不會相信的家人。

不過，生命正因有了離別，才沒有所謂永遠。
人生在世，最怕遇到離別，即便有一點點的可能性。
短暫離別，永遠分離，總令人沮喪。

這時就更加確定，世上唯一不變的，只有生老病死。

似乎只有死亡，才是所謂永遠。

就這樣被恐懼包圍，怕傷害的我，世上卻有件事我相信永遠。

就是「寫作」這件事。

雖然寫的不是挺好，有時連白字都多到可笑，贅字多到頭疼。但除了這我也不知道我會什麼，瞬間把腦海中想過的事情一氣呵成地寫完，記錄些枝微末節的事情，聽到的、想過的、未知揣測虛構的，撰寫下來。那會讓我有存在感，這是我永遠都會喜歡的事。

談戀愛的時候想寫，悲傷的時候也要寫；身邊的朋友永遠被我記錄下來，記性不好的我，最常在閱讀以往的文字作品時，才會想到：「啊，當時我是如此在意這個人、當年我竟是這麼憤怒，或是跟這人如此親近。」

有幾年，我很介意自己與文學無緣。出版社編輯也常勸我，別想太多，就是盡情書寫。

只要稍微斟酌要用些精細字句，就會失去誠意。

剛開始著實困擾了，老想著：「是因爲我高中沒畢業的關係嗎？還是我就是沒有文采？我好羨慕那些真正的『作家』朋友，寫作老這麼白話、又充滿錯別字的我，誰想看啊！」

後來我才發現，不是誰想看，是我只會做這件事。

這些年，開始會有人問我，怎麼創作啊，如何成為作家？

我老笑說，我不是作家。作家這字眼對我來說很珍貴、很沉重，我最多就是個寫書出書的人。

即便我現在在出版社，也只是個協助出書的人，不是什麼了不起的編輯。

只是我很開心，在創作中找到了永遠、找回了自信還有生命中的價值。

每天每天的寫，在網路上張貼些隻字片語，在遇到瓶頸跟靈感乍現時，記錄了不同的回憶。

在透過螢幕的些微表演慾中，發掘不足跟肯定。

創作療癒了我，但在此之前就是閱讀。

這是為什麼，我能堅定地說，書寫，是我確信永遠存在的事。

做錯事要說我愛你

剛搬出來住之前，我有幾位室友。一位是醫生好友條件極佳，跟他的伴侶在一起十多年；另外是才華美貌兼具，卻輸給自己和重度憂鬱症，太渴望被愛的妮；最後，就是心思縝密，如今已婚有兩個小孩的婷。

婷的先生跟我工作上常往來，因此我們最常碰面。

記得當年知道她懷孕消息，是在某年跟他先生接了菸酒公賣局的案子，要沿著新竹、台中、台南去採訪酒廠。

出發前日，打工酒館的朋友們戲稱要讓我暖身，我喝到渾身菸酒味上了他先生的車。

一上車，我問她先生說：「我很臭嗎？」

先生說：「對啊，妳還菸酒嗓，但我有件事要跟妳說……」

緊接著我知道婷懷孕的消息，當下也不知道是真宿醉還是消息太震撼，只感到一陣暈。畢竟，那是我當時周遭最親近的朋友懷孕。

轉眼八年過去，大兒子已經上小學一年級，小兒子也上了幼稚園。每次看到我都笑盈盈地喊著：「貝莉阿姨。」，會睜著水汪汪的眼睛看著我，也會親著我的臉頰說：

「貝莉阿姨我好喜歡妳喔！」

我想，是因爲他們，才開始習慣「阿姨」這稱謂。婷跟她先生把小孩教得很好，家教好也有禮貌，有時看見她在臉書貼了些兒子的童言童語，都覺得，小孩才是最棒的生活導師。

譬如有次婷的大兒子說：「做錯事就是要說『我愛你』，因爲『對不起』只是一下下的事情，但『我愛你』是很久很久的事。」

當下聽到時，一愣，心想，我受教了！真的沒錯，說「我愛你」比「對不起」重要！

在小孩的心裡，我愛你很重要。但在大人的世界，似乎不是如此。

我們的我愛你，跟對不起，似乎越來越像仿冒品。

會有喝醉就不小心跟曖昧女生大講「我愛妳」，之後讓女生當真，卻又閃避不已，而被我們直接改暱稱叫「I love you」的男子。

也有三番兩次說對不起，卻從來不肯改進的無賴。

我們的「我愛你」跟「對不起」，不知爲什麼變得越來越廉價。明明不安的時候想聽，聽到了卻也不確信。

明明告訴自己聽了就要相信，卻不知道要相信什麼。

誠如擁抱，以前，我總認為男女之間抱在一起睡，就是愛的證明。
卻又聽到好友說，他跟女性純上床時，對方在那過夜也會一起抱著睡。

「這樣，擁抱有什麼意義啊？！」我抗議。
「就冬天身旁有個抱枕啊！」

聽了難過。
性愛分離，可以。
喝醉亂親吻，只要別碰到我，我不介意。
但擁抱，為何變得如此沒意義？

就像我愛你跟對不起，在小朋友心中這麼重要；在許多大人心中，卻是一場遊戲。
最後最可靠的約定，竟是——永遠不對我說謊。
偏偏那還不是，男女之間的約定。

示弱很好

朋友身體不好，有些擔心。他的堅強讓人看不出來病情的嚴重性，但這樣反而令人緊張。聊著聊著，我對他說：「不要老是當個假性小太陽，也許身體出現了警訊，就是爲了讓你不要這麼逞強。」

我知道我這樣的說法或許不夠將心比心，但跟一些芝麻綠豆小事就開始哀哀叫的我比起來，他太堅強了，堅強到令人不捨跟害怕。

爲什麼要這麼堅強呢？
有時看了真的很心疼。

身體好了就馬上投入工作的他。或者是另位朋友因爲母親身體不好，父親體貼照顧，突然脆弱地承認自己想婚，爾後又反悔說了只是一時沖昏頭。

爲何呢？

女孩子，大聲地說想要被保護有什麼關係，不管是男生女生，大家，都有想被保護的時刻，想哭泣的時刻吧！

爲了怕父母擔心忍住淚水，勇敢的進入病房；爲了被大家笑還是個想嫁的女生嘴硬說單身也很好。

那樣的勇敢，真的讓人好不捨。

各位親愛的男孩女孩，請你們承認自己的脆弱好嗎？

我們就是需要愛、需要擁抱、需要有個永遠，需要擁有相信一個人的能量。

我們沒辦法獨自活在這世界上，只是在遇到某個值得相信的人之前，先努力堅強。

但有時候，眼淚還是必須落下。

晨

極度迷戀早晨，卻用極端的迷戀法。不是特早起，就是不肯睡。

有陣子愛上了晨跑（或早跑？），每週末一天，謝絕喝酒邀約，早點起床，去國父紀念館跑跑。隨著天氣入春，漸漸變熱。週末出來晃晃的人也變多了。原先九點多人煙少許的地方，卻熱鬧起來。怕吵，無法專心。跑著跑著，也不免放棄，改爲競走回家。

跑步是個需要心無罣礙的運動，當只有風聲、音樂、心跳聲跟腳步聲時，整個人是清空的。或當心中有某個目標想完成時，我就會對自己說，跑完這三圈，一定可以達成，像是個幸運約定。

不過這樣的堅定，若四周人來人往，有的快、有的慢，我這靜心鍛鍊不夠之人，就會被干擾。

於是就想著：「啊，似乎該更早起來些。六點起床時就不該賴，七點睜眼時，就該離開床榻。」

說得如此道貌岸然，怕人多的我，終究當個懶豬。直到三十五歲生日前夕，才打起精神去參加路跑比賽。

比賽前夜，好友找我去飲酒，當天算好清晨五點要起來，即便捨不得離開，還是拼死回家。

僅睡四小時的我，當日竟真的把它跑完，雖然只有10K，也算是達成一個夢想，結束後還喜孜孜地回家。

當下還沒事，過幾天卻發現腳指甲瘀青，後來沒多久，居然還掉了。對腳趾甲外貌異常執著的我，還跑去光療做了延甲，遮住我那赤裸可憐的腳趾。

早起跑步外，也喜歡早起跟媽媽去傳統市場。市場阿嬤的豆漿特香，晚了就買不到。八點多的市場菜最好，晚去了肉攤的東西剩不多。逛到九點多回家處理食材，準備午餐。陪著母親看韓劇吃飯，然後進公司上班，對我來說是極好的一天開場。

但除了早起外，另個毛病就是「早睡」。

這「早睡」病，連小我五、六歲的朋友都覺得我太神奇；喝酒喝開了，就有超強續航力，在小酒館喝到五、六點不成問題。有時還散步回家。

當大家都東倒西歪時，我卻在那笑呵呵。

某次跨年還玩了十幾個小時，大家都說我太荒唐。
我說：「沒辦法啊，就覺得開心，轉眼就天亮了。」

寫稿時也是，特別喜歡在凌晨寫稿。
畢竟想在都市裡有寧靜時刻，不是凌晨，就是清晨。

所以有靈感的時間往往是從午夜開始醞釀，子夜開始創作，寫到天光時，才想著：
「不行啊，隔天要上班，該睡了。」
截稿期的作息特別不正常，總是醒了就要衝去上班，沒辦法跟媽媽共享逛市場跟吃午餐的時光。
因此截稿的時間最喜歡煲湯，可以一邊寫稿、一邊聞著食物的香味，往往忙完了，就有一鍋好湯，可以在醒來倉促上班前，暖暖胃。

小時熱愛凌晨，大了喜歡清晨。但這種兩極化的愛法讓我挺困擾。
早晨會給人乾淨之感，也輕輕地將許多煩躁，放了下來。
但早睡換來了，往往是沮喪跟疲憊。
雖然這願望很難，但還是渴望，能當個名符其實的晨型人。
我看這願望，就放在，結婚生子的那天好了。

吉本芭娜娜

有次朋友聊天，她問我如何看待創作這件事。我跟她說：「我覺得閱讀是很重要的，一本旁人看似簡單的書，或許會改變一生。」而我說的是吉本芭娜娜。

開始讀吉本芭娜娜的書，是十九歲那年。當時因爲自身的叛逆惹了些麻煩，終日困擾。輟學又有因任性而背上債務的我，在書店買了吉本芭娜娜的《無情／厄運》，當時給我法律意見，如今擔任檢察官的朋友笑說：「妳就是看這種書，才會這樣！」被損的我只能帶著苦笑不知說什麼，畢竟，我真的不知道能成爲什麼。

後來，我進了失戀雜誌網站，常常在半夜失眠的時候，進入當時所謂的「大夜班」聊天室，午夜的網路有著好多人。大家談著村上春樹、村上龍、吉本芭娜娜、向田邦子……好強的我總是聽著，深怕旁人發現我的不足。於是在無所事事的平日，即便男友在身邊，還是不顧他啃著書。

原來他們的書是這樣子啊！在此之前的確好奇讀過村上春樹的《挪威的森林》卻看了十頁讀不下去，如今爲了融入大家，漸漸讀懂了，原來這些故事的背後是有這樣的意思。我漸漸敢在聊天室跟大家談書。我更是深愛上吉本芭娜娜。

吉本芭娜娜的世界裡，總是「見怪不怪」。《廚房》裡那因爲親人過世睡在廚房，父親也是「媽媽」的女孩；《Tugumi》裡那任性又有魅力的體弱女子；《白河夜船》裡得嗜睡症的不倫之戀女子。

吉本芭娜娜書裡，都是好奇怪的人啊！好多人像我一樣無所事事、懶洋洋不知未來在那裡，卻沒人會咆嘯她們、鄙視她們。吉本芭娜娜用著很溫柔、沒什麼大不了的語氣，說著這些人如何從悲傷中走出來，或者，就是那樣理直氣壯地接受自己的不完美。

突然，我覺得自己也沒那麼孤單。突然，我覺得，那快空蕩蕩孤寂的感覺，被塡滿了。

於是我試著想起過去的事情，想起了小學時說要當一名作家，不知道能做什麼的我，開始寫、拼命寫，努力寫。在二十三歲時，出了第一本書。

當然，當時書並沒有受到他人的矚目。一直到快三十歲時，因爲受到姊妹淘網站的青睞，漸漸讓人知道我。

寫著寫著，我再度遇到人生的低潮。當然那些低潮是從高潮引來的。那時因爲受到矚目，別人說我是暢銷作家。當下我真以爲自己很成功，不僅自大還自負，在職場上得罪了不少人，發現生活很空虛、不快樂，終日喝酒。然後我再度想起了吉本芭娜娜。

想著，當時開始創作，到底是爲了什麼。啊，原來是想試著成爲一個溫暖的人。卻在自負中，成爲尖銳的刺蝟。

然後我開始試著寫小說，寫了些跟兩性無關的文章，去了吉本芭娜娜文章裡說過的沖繩，覺得被療癒。

後來我離開了女性網站，進了出版社。失戀，戀愛，又再失戀。某天卻收到了出版社的邀請，要跟吉本芭娜娜在國際書展對談。

即便到現在我都還覺得像夢一般，改變我人生的作者就在我面前。吃飯、微笑，跟老公孩子玩。吉本芭娜娜本人真的好溫暖啊！就跟她的書一樣。老公是按摩師，兒子會大喊：「媽媽我愛妳！」然後過去親她臉頰一下。對談時，老公會牽著兒子在遠處等她。

上台時，我下了個決心。在開場的時候，我告訴大家，吉本芭娜娜改變了我的人生，因爲閱讀她的書，讓我發現自己並不奇怪。而我有多感激上蒼，讓我可以坐在這。

身為一個書迷，甚至是因為她改變人生的書迷，能坐在身邊何其幸運。

當時我沒在台上，甚至沒跟任何人說的是——如果沒有她，也許我會繼續吸毒嗑藥，跑去酒店上班，或者終日無所事事。如果沒有她，也許我就沒辦法讓其他人覺得我有趣、有點才華，會覺得永遠是攤爛泥。

在吉本芭娜娜面前，我像是裸體的小朋友似地，當時她好奇地問我喜歡她哪些書，我才說了兩本，她就溫柔地說：「貝莉看起來活潑開朗，卻是經歷過一些事情，辛苦的人啊！」坐在台上聽著像是陪自己一起長大的作家說出這樣的話，很想哭，但是在工作，只能露出感激的微笑。

而在那天後，更確定，如果我可以，我也希望讓別人多點感同身受。

所以，出版社總編湘琦姐有次問我說，為何可以如此毫無保留講出自己的痛苦。我說：「因為我想要藉由書寫療癒自己，也希望跟我有同樣困擾的人感同身受。」

我遇到的事情，無論是父母異離、校園罷凌、性騷擾甚至躁鬱症……跟很多有此遭遇的人比起來是幼幼班，但往往說出口的那刻，會有許多受傷更重的人，願意鼓起勇氣跟我說他的遭遇。

我遇到的事情，曾經是我埋怨生命的各種理由，但透過書寫，看到自己不孤單時，又覺得可以繼續堅強下去。

吉本芭娜娜說，她開始創作，是爲了要療癒自己，後來才發現漸漸能溫暖別人。我想，這就是我未來想要繼續嘗試的事，只要收到一個人說，因爲看了我的文章鼓起勇氣跟家人說內心深處的痛，鼓起勇氣去面對所恐慌的事情，就覺得，這樣就夠了。

能碰見吉本芭娜娜是件幸福的事，從十八歲輟學，二十歲決定要重拾創作這個興趣的我，是何等幸運能坐在影響自己之深的作家身旁聊天、討論、吃飯。我會繼續跟她一樣抱持著療癒自己跟讓別人不覺得自己孤單的信念，努力下去。

畫畫

失戀的時候決定去畫畫。
理由無它，是我曾經幼稚的認定，每跟一個男人分手，我就要從他們的優點學會我從來不懂的事。

二十歲的導演男友讓我學會看電影；二十五歲的才子男友讓我學會聽音樂；三十歲的運動笨蛋讓我開始慢跑騎腳踏車；三十二歲的同居男友讓我熟知調酒……
這次，因爲他喜歡畫畫，所以我決定要跑去畫畫。

那是個冬季晴天。
一月一日，卻沒有宿醉，散步去附近畫室。
畫了一整個下午，一張畫布變了好幾次模樣。
這也是我初次在畫布前作畫。

剛開始沒特別想要琢磨什麼，想說：「就讓畫布自由發揮吧！」
最後潑灑出跟原本想的完全不同的模樣，卻有著莫名痛快。

畫畫跟書寫的差別就在這，隨機書寫更改不大，但畫畫不到最後不知會如何。完全無法掌控，卻有無法掌控的樂趣。

看著最後成品，覺得真有意思，誰能知道，從打定主意要畫畫那瞬間，最後是成這模樣。

文字或許是記錄，繪畫可能就是誘發潛意識吧，繪出連自己都想不到的方向，繪出一個夢，繪出每個人眼中，都不同的故事。

在那之後，只要心有罣礙，困惑時，就習慣拿起畫布揮灑。有時是拼貼，有時是油畫，但我往往是沒有計畫的創作。唯一差別不大的，是跟前男友分手後數次聯繫，話不投機，彼此傷害。於是我畫了幅抽象畫，用強烈的色彩，暗示相愛卻無法溝通的男女。而那畫，在他搬家，彼此將過去拋諸腦後後，就送給他當搬家賀禮，不再是痛苦回憶。

就這樣畫了兩年多，剛開始還是去家裡附近的畫室咖啡廳，朋友總以爲我有在那上課。我說沒啊，只是在咖啡廳舒舒服服地畫著，廝混一整天。而咖啡廳的老闆也很有趣，是珠寶設計師，同時有演話劇，每每聊天總有很多話題。

只是，後來跟帶我去畫室的鄰居朋友鬧翻，不好意思再去。有時在天好的下午，也會很想念咖啡廳那落地窗，讓我可以曬著太陽帶著電腦寫稿。那是屬於鄰居朋友的地盤，即便她現在已經去了上海發展，我卻仍舊不願進去。這是彼此都有默契的地域性。

可畫畫的心還是無法停止，於是「海灘男孩」好友們，陪我去永和買了畫具，讓我可以在天台擁有個簡易畫室。現在，天氣好的時候我會搬著椅子吹風曬太陽，畫著貓、畫著所有我想得到的東西。

現在，連我的畫家朋友知道我愛畫，鼓勵我去上課。我抵死不從，堅持這是興趣，不求技巧，只求隨心所欲。

某天，咖啡廳老闆問我：「怎麼那麼久沒看到你？」

我不好意思地說：「家裡有了個簡單畫室啊！」

「那很好啊！」他大方的說：「重點不是妳去哪裡，而是妳喜歡上畫畫。」

是啊，畫畫，真是有趣。

我依然相信，毫無計畫、順著心走，就是畫畫的樂趣。

乃文

很難替乃文下定位。站在舞台，她是歌姬；待在小酒館，是個可愛的女孩。這麼多年，在這些交錯中，從未想寫些什麼。

畢竟，對我而言，她同時扮演了女神跟女孩的角色，不知如何訴說。

真正想書寫乃文，是在南港展覽館的演唱會，當天她唱了電子＋弦樂版的〈應該〉，我愣在那，想說，這也太棒了吧！

〈應該〉是我最喜歡的乃文之歌，當然許多乃文的歌迷會說他們也是，可我是愛到本書第一章就寫了篇文章，我愛這首歌到，聽了千遍都不厭倦。

我愛這首歌不稀奇，感人的是，乃文知道我每次聽這首歌必定有事，她細心到某次喝醉夜晚，在微博轉貼這首歌，她立刻私訊我說：「妳怎麼了嗎？」

乃文是許多人心中的搖滾女王，卻是我心中的小女孩。她跟我們一樣有相同煩惱，擔心喝醉、擔心變胖、擔心男友、朋友、家人，平日的她，只是拿著酒杯跟我聊天的女生，但站在舞台上，她就是我從十幾歲就愛透的楊乃文，閃耀得無法睜開眼直視的歌姬。

所以我會在搭捷運聽演唱會前，放著我今晚以為聽不到的歌；所以我會在她唱著心中以為的冷門歌時哭泣。所以……我會在演唱會結束時傳了最漫長的簡訊說她好棒，下次碰面時要跟她分享心得，然後在下次巧遇時跟她說，這究竟有多夢幻多過癮。

我太愛乃文的歌聲，導致無法書寫對每首歌的感觸點滴。我知道微醺可愛的乃文，在那些夜裡，女孩們吆喝著談愛、討論著值得我書寫入書的點點滴滴。

我也喜歡乃文的直率，當我看完演唱會，寫了落落長的感動跟快樂，說下次碰面時要好好跟她聊時。她會真心跟我討論，也告訴我她當下的緊張跟喜悅。

女孩或男孩們，你們知道嗎？所謂成長就是如此。你會發現偶像也有最單純的夢；也會發現，我們渴望在現實中，也不失去夢幻。

於是乃文的快歌陪著我快樂時持續跳躍，她的慢歌撫慰我內心悲傷。她的〈放輕點〉，讓我知道「我們的傷，有一天一定會好。」

陰影之下

這本書，細想算是花了兩年多寫完。不，正確說來，是審視從2012年11月分手後，所發生的點點滴滴。

有失戀、有暴走、有旅行、有發病、有遇到生活瓶頸……這些碎念又細瑣的事情，承蒙本書編輯湘琦姐喜歡，鼓勵我把當時在臉書描繪的細瑣小事整理記錄下來，編成一本書。

更謝謝她，還有另位編輯子傑，在臉書或簡訊中幫我打氣，說著：「感謝妳讓我讀了這些故事。」

我才要說謝謝，謝謝你們不厭其煩地，聽我述說著這微不足道，卻糾葛我三十幾年的陰影。校稿時一直看著不完美、不勇敢、躁鬱症，都覺得妳煩不煩啊?!真的，我真的很煩，所以才會到了快三十六歲，還小姑獨處，渾身是病。

寫書過程中，在網路上發表篇關於小時候被性騷擾的文章，經由媒體報導，造成了生活一些紛擾。有人笑我紅了，有人說這很好，也有人跟我分享了很多他們的故事。上報紙的那天早上，我在早餐店拿著三明治一臉茫然，對面的人拿著報紙大笑，直說要給我看。

我說：「別吵，只要告訴我照片漂不漂亮？」

他說：「還可以，但妳旁邊是雞排妹耶！」

然後繼續講著沒營養的廢話。

那天我覺得挺好的。

因為他的態度坦然，讓我覺得所有大驚小怪都是小題大作。

好整以暇地等時間過去，用不解釋面對所有事情，堅信該說的話早就在文章裡講完。

寫完這本書，相對如是。

這是本極度誠實的書，雖然闔上書後，你問我這是誰？揣測我在想什麼？我仍舊不會回答你。因為我該說的都已經說完。

可是若看完這本書，感同身受，想要聊個幾句，我會心懷感激。

再次謝謝看了這本書的你們，再次謝謝願意幫我出版本書的編輯。

也謝謝本書設計Woolf，共同激盪出如此漂亮的書封跟提案。

從小就渴望當個陽光燦爛的人，但在這本書以及這段時間後，我明白了件事——有陽光才會有陰影。

站在陰影之下的我們轉頭看，人生的燦爛，未曾消失。

單身病

唯心0006

作者—貝莉
封面設計、內頁設計—犬良設計
責任編輯—周湘琦
責任企劃—汪婷婷
董事長、總經理—趙政岷
總編輯—周湘琦
出版者—時報文化出版企業股份有限公司
10803台北市和平西路三段二四〇號七樓
發行專線—(〇二)二三〇六六八四二
讀者服務專線—〇八〇〇二三一七〇五・(〇二)二三〇四七一〇三
讀者服務傳真—(〇二)二三〇四六八五八
郵撥—19344724 時報文化出版公司
信箱—台北郵政七九~九九信箱
時報悅讀網—http://www.readingtimes.com.tw
電子郵件信箱—books@readingtimes.com.tw
第三編輯部風格線臉書—http://www.facebook.com/bookstyle2014
法律顧問—理律法律事務所 陳長文律師、李念祖律師
印刷—勁達印刷有限公司
初版一刷—二〇一五年一月十六日
定價—新臺幣二八〇元
⊙行政院新聞局局版北市業字第八〇號

國家圖書館出版品預行編目資料

單身病 / 貝莉著. -- 初版. -- 臺北市 : 時報文化,
2015.01
面; 公分
ISBN 978-957-13-6168-0(平裝)

855　　103026810

ISBN 978-957-13-6168-0
Printed in Taiwan